소녀를 위한
페미니즘

소녀를 위한 페미니즘

김진나
박하령
이꽃님
이 진
탁경은

㈜자음과모음

차
례

김진나

아버지의 미로

김진나

서울에서 태어나 대학에서 신문방송학을 전공했다. 문장 속에 신비롭고 따뜻한 기호들이 있다. 그런 기호들로 삶의 깊이를 열어 보고 싶어 글을 쓴다. 『디다와 소풍 요정』으로 제5회 비룡소문학상을, 『소년아, 나를 꺼내 줘』로 제15회 사계절문학상을 수상했다. 지은 책으로 『도둑의 탄생』 『숲의 시간』 등이 있다.

나는 2년간 떠나 있었다. 관광고등학교를 다닌 덕에 교환학생으로 괌에 갔다가 호텔에서 일하게 되었다. 괌의 겨울은 사우나에 들어앉아 있는 것처럼 후텁지근했다. 나는 틈날 때마다 수영을 하느라 온몸이 새까맣게 탔다. 소방차를 타고 등장한 산타클로스를 맞이하고 미스괌에게 조개 목걸이를 선물로 받으며 가족을 잊었다. 그러다 잠이 들면 가족을 잊은 만큼 꿈속에서 몸이 몇 배로 불어났다. 운이 없는 날은 몸이 너무 커져 내 발가락이 어디 있는지 머리가 어디 있는지 알 수도 없었다.

귀국했을 때 가족 중 누구도 남아 있지 않았다. 나는 인천공항 근처에 있는 해수탕으로 갔다. 뿌연 증기 속에서 알몸들에 뒤섞였다. 거침없이 때를 미는 아줌마들을 보니 한국에 돌아온 게 실감 났다. 물이 콸콸 쏟아지고 귀가 먹먹하게 울렸다. 아줌마들이 한국어로 활기차게 떠들어 댔다. 나는 몸이 벌겋게 익고 나서야 탕에서 나왔다. 하늘이 빙 돌고 쪼글쪼글해진 손끝이 간지러웠다. 셔틀버스를 타고 공항으로 돌아가 공항 리무진을 타고 집으로 향했다. 서해의 젖은 벌판이 검었다.

골목 사이로 난 길을 걸었다. 철제문이 달려 있는 공터를 통과했다. 이 길은 동네 사람들만 아는 지름길이다. 분수대에서 솟구치는 물, 놀이터에 서 있는 대추나무, 지하방 창문의 휘어진 창살, 2층 피아노 학원에서 들려오는 둔탁한 피아노 소리, 따뜻하게 달궈진 땅에 내려앉은 벌, 지붕에서 옥상으로 날아다니는 어린 까치, 한동네에 열한 개나 되는 교회 십자가 뒤로 옅게 드리운 일몰. 골목 모퉁이를 도니 기억들이 되살아났다. 떠들썩하고 숨 가빴던 기억이 감각을 살아나게 했다. 나는 아무것도 잃어 본 적 없는 아이가 되어 다리의 탄력을 느꼈다. 괜히 바닥에 주저앉았다가 무릎의 반동을 이용해 폴짝 튕기며 일어났다. 빗물에 뭉툭해진 담벼락 안으로 우람한 모과나무가 예전 그대로였다.

처음 또래 남자아이들과 비밀스러운 애정 관계를 경험했을 때 나는 비로소 숨통이 트였다. 나에게는 오래된 비밀이 있었다. 가족 외에는 누구에게도 말하면 안 되는 비밀이었다. 그 비밀은 거칠고 어두웠다. 나는 이런 비밀을 가지고 사는 게 힘들었다. 그러나 새로 생긴 비밀은 달랐다.

나보다 키가 한 뼘밖에 크지 않은 송곳니가 뾰족한 소년이었다. 머리카락에서는 재 냄새가 났다. 나는 소년과 은밀히 키스했다. 소년은 오른손으로 내 마른 어깨를 살짝 눌렀고 왼손으로 허리를 감쌌다. 우리는 떨고 있었다. 어딘가에서 본 걸 흉내 내려 했다. 그러다 입술을 맞댄 채 웃음이 터졌다. 나는 사람의 숨결이 그토록 감미롭다는 걸 처음 알았다. 어두운 거리를 지나 집으로 돌아오는 내내 소년의 숨결에 휘감겨 비틀거렸다. 거리의 바닥이 잘 마른 면으로 뒤덮인 것 같았다. 가로등에서 떨어지는 조용한 빛이 소년의 포옹 같았다. 그건 시간이 지나도 우리가 헤어져도 잃을 수 없는 열기였다.

그런 밤은 여러 번이었고 소년이 한 명일 필요는 없었다. 나는 고요한 눈빛에 낮은 목소리를 가진 매력적인 소년의 손을 잡았다. 지하철에서 교복을 입은 소년의 어깨에 머리를 기댔다. 한 소년은 내게 헤드폰을 선물했고 나는 해바라기 한 송이를 주었다. 다른 소년은 내게 책을 주었고 나는 티셔츠를 선물했다. 그렇지만 아무것도 주고받지 않는 경우가 더 많았다. 우리는 서로를 한없이 갈망했다. 나는 빗방울에 젖은 소년의 귓불, 바나나를 든 손, 웃을 때마다 살짝 파이는 볼우물을 사랑했다. 우리는 풀잎처럼 깨끗했다. 나와 헤어질 때면 울음이 터질 것 같던 소년의 얼굴이 터무니없이 황홀했다.

그 시절을 다시 한 시간만 가질 수 있다면 지금의 나를 이해할 수 있을까? 시간이 흘렀다. 그 어떤 일도 일어난 적이 없는 것처럼 시간이 흘렀다. 결코 잊지도 잃지도 않으리라 생각한 대부분의 것들을 다 잃었다. 나는 겨우 열아홉에서 스물이 되었을 뿐인데 반평생을 산 것처럼 지쳤다.

　나는 가족의 비밀에서 한 발짝도 떨어지지 못했다. 소년들과의 비밀처럼 가족의 비밀이 가벼워지길 원했지만 결국 소년들과의 비밀이 버려졌다. 사실은 스스로 선택했다. 봉긋해진 가슴과 부드러운 목덜미, 탄탄한 허벅지를 아버지가 파낸 흙에 파묻었다. 한 달 뒤 나는 소년들과 달라졌다. 두 달 뒤엔 더 급격히 달라졌다. 그들이 기대와 열망에 찬 젊은이가 되어 갈 때 난 음울한 미로에 갇혔다.

　우리 집은 동네에서 뚝 떨어져 있었다. 납작 엎드린 것 같은 낡은 한옥이었다. 마당이 넓고 집 뒤로는 어디 먼 친척 소유라는 산이 있었다. 잃어버리려 그렇게 애를 썼던 대문 열쇠는 내 백팩에 고스란히 들어 있었다. 그러나 그 열쇠가 아니더라도 나는 또 다른 열쇠가 어디 숨겨져 있는지 알았다. 문 앞에 서니 몸이 먼저 기억했다. 문 밑의 돌 중 여섯 번째 돌을 들어냈다. 열쇠가 비닐에 싸여 있었다. 오빠가 꼼꼼히 싸서 여기 도로 넣어 두었을 것이다. 열쇠를 비닐로 감싸고 있었을 오빠의 모습이 떠오르자 울컥 눈가가 뜨거워졌다.

잠금이 풀리고 문을 밀어 열었다. 돌쩌귀에서 잠든 육식동물의 잠꼬대 같은 소리가 났다. 집은 오랫동안 비어 있었다. 젖은 풀이 불에 그슬린 냄새, 안심이 되면서 괜히 누군가 그리워지는 냄새였다. 내가 괌에서 보낸 엽서 몇 통이 바닥에 떨어져 있었다.

트렁크를 끌고 무성하게 자란 쇠비름, 망초, 깨풀, 이름 모를 가시 덩굴 위를 지나갔다. 이것들을 뽑고 파내어 태워 버릴 수 있다면 좋을 것이다. 집을 구석구석 청소하고 속옷을 비누로 빡빡 문질러 빨 수 있다면 좋을 것이다. 주방에서 국을 끓이고 기름 냄새가 나게 면을 볶으면 좋을 것이다. 하지만 내가 무얼 할 수 있을까? 내 도드라진 광대뼈 위로 활기 잃은 야만, 버려진 주거지역의 불안과 무기력이 끼쳐 왔다. 마루에 짐을 부려 놓고 그 옆에 누웠다. 처마에 비낀 하늘이 눈에 들어왔다. 고단했다.

다음 날이 되어서야 눈을 떴다. 밤은 추웠다. 새벽엔 바람이 불었다. 바람이 멈추어도 덜덜 떨리도록 추웠다. 이가 딱딱 부딪쳤다. 그러나 나는 결심한 듯 꼼짝도 하지 않았다. 추위조차 나의 두려움 때문이라고 생각했다. 그래서 이를 부딪칠 때마다 죄책감이 들었다. 아침 볕이 마루에 들자 딱딱한 비늘처럼 돋아 있던 추위가 누그러졌다. 하룻밤 만에 상해 버린 굳은 몸을 조심스럽게 일으켰다. 속이 마르고 몸에 열이 올랐다. 온몸이 두들겨 맞은 것처럼 아팠다.

내가 집 안으로 들어가지 않은 것은 거기엔 옆으로 밀어 열어야 하는 문들과 막혀 있는 벽들, 폭이 좁고 경사가 급한 계단들, 아무런 의미가 없는 복도들, 끊임없이 연결되어 있는 다락방들이 있었기 때문이다. 집 안은 미로였다. 친구의 명예를 이용해 수백억 원대의 돈을 횡령한 아버지는 수년에 걸쳐 은밀하게 미로를 만들었다. 다락방에 통로가 연결되고 통로는 창고로 이어지고 창고엔 알 수 없는 문이 세 개나 생기고 그중 하나의 문은 작은 방으로 통하고 또 다른 쪽방으로, 그곳에서부터 구불구불한 계단이 이어졌다. 그러다 어느덧 땅 속의 굴로 들어가게 된다. 몇 번의 두려움, 착각, 조급함, 답답함을 느끼다 보면 정교하진 않으나 모호해서 도무지 분간이 안 되는 미로에 갇히게 된다.

아버지는 언제라도 친구가 돈을 찾으러 올 거라고 했다. 엄밀히 말하면 아버지는 친구의 명예를 손상시켰을 뿐이지 돈을 빼앗은 건 아니었다. 따라서 돈은 아버지의 것이 아니듯 친구의 것도 아니었다. 그러나 아버지는 친구가 돈을 찾으러 올 거라고 입버릇처럼 말했다. 아버지는 관계 당국의 처벌이나 실제로 돈을 횡령당한 사람들의 분노, 비난, 파산 따위는 별로 염두에 두는 것 같지 않았다. 아버지는 쫓기듯 새로운 통로를 만들고 출구를 막고 비밀 계단을 만들고 땅을 팠다. 우리는 큰방과 부엌, 마루에서만 생활했다. 그 외의 공간은 출입이 통제됐다.

가끔 어머니는 부엌에서 마루로 나오는 데 두 시간 이상을 헤매야 했다. 문처럼 보이는 것은 문이기도 했고 문이 아니기도 했

다. 형태가 불분명한 공간으로 연결되어 있어서 문을 여러 개 지
나다보면 한 공간에서 빙빙 맴돌기도 했다. 가지를 씻어 네 갈래
로 갈라 마당의 빨랫줄에 말리려던 어머니는 가지가 담긴 바구니
를 든 채 부엌에서 마루 사이를 헤맸다. 어머니를 찾아 부엌에서
마루로 왔다 갔다 했지만 소용없었다. 나는 매번 어머니를 다시
는 못 볼 것처럼 울며불며 집 안을 돌아다녔다.

　어머니가 사라진 몇 시간 동안 나는 세상이 무너진 듯 울었다.
어머니가 벗어 놓은 원피스와 덧버선, 어머니의 노트와 뚜껑을
닫지 않은 펜을 보는 것만으로 가슴이 찢어졌다. 어머니는 내가
지쳐 더 울지도 못할 때쯤 나타났다. 그러나 나는 미로에서 돌아
온 어머니가 어딘가 낯설어 슬금슬금 피해 버렸다. 막상 어머니
가 나타나자 어머니를 믿을 수 없겠다는 기분이 들었다.

　끔찍한 악몽을 자주 꾸던 나는 밤마다 어머니의 침대로 파고들
었다. 낮에도 밤이 올 것을 생각하면 무서워졌다. 나는 곧잘 어머
니의 두툼한 등에 찰싹 달라붙었다. 식은땀을 잘 흘리는 어머니
의 등은 차가웠고 살갗은 꽃잎보다 부드러웠다. 탄력 없이 희고
넓은 어머니 등에서 나는 밤의 불안과 낮의 초조함을 가라앉혔
다. 어머니는 바쁜 와중에도 한 번도 나를 밀치거나 떼어 내지 않
았다. 대신 무시무시한 새가 나오는 이야기를 해 주었다. 어려서
부터 백 번도 넘게 들은 이야기였다. 나는 늘 처음 듣는 것처럼 놀
랐고 너무 재밌어서 깔깔대고 웃었다.

5년간 아무런 일도 일어나지 않았다. 아버지는 누구에게도 고발당하지 않았다. 우리 집을 찾아오는 수상쩍은 사람도 없었다. 아버지의 범법 행위는 기막힐 정도로 매끈하게 사라졌고 친구는 불명예를 안고 잠적했다. 우리는 차츰 아버지의 작업에 불만을 품었다. 아버지가 횡령했다는 수백억 원은 본 적도 쓴 적도 없었다. 미로 어딘가에 숨겨져 있을 거라 짐작할 뿐 그것이 어떤 형태로 있는지도 몰랐다. 나는 가끔 이 모든 게 거짓말이고 아버지가 뭔가를 착각하거나 미친 게 아닐까 생각했다.

우리 집의 가계는 여전히 어머니가 1년에 한 번씩 된장을 만들어 파는 것으로 어렵게 꾸려지고 있었다. 아버지의 낡은 차는 두 달에 한 번은 정비소에 가야 했고 길가에서 멈추는 일이 잦았다. 우리는 외식이란 걸 모르고 살았다. 어머니가 마당 한쪽에 만든 텃밭에서 억척스럽게 일구어 낸 채소들과 장아찌, 된장국이 우리 집 식탁의 주 메뉴였다. 어려서부터 이런 식단에 익숙한 우리 가족은 누구도 불평하지 않았다. 매 끼니 같은 음식을 먹는 것에 질리지도 않았다. 나는 친구들과 식당이나 카페에 가서 가격표를 먼저 보지 않고 주문한 적이 없었다. 편의점이나 화장품 가게에서 사탕 하나, 틴트 하나 생각지 않고 집는 일이 없었다. 책도 노트도 원하는 대로 사 본 적이 없었다.

집은 점점 함정이 되어 갔다. 밤중에 잠이 덜 깬 채 화장실을 다녀올 때면 발을 헛디뎌 이상한 곳으로 굴러 떨어지는 건 아닌지 소름이 끼쳤다. 미로가 살아 있는 것처럼 느껴지기도 했다. 잠이 안 와서 뒤척이는 날이면 나는 미로의 웃음소리를 듣게 될까 봐 몸이 달았다. 그러면서도 미로의 쿵쿵대는 콧구멍, 유독한 입김, 온갖 잡스러운 벌레가 엉겨 있는 머리카락, 더듬거리는 손가락을 계속해서 상상하지 않을 수 없었다.

아버지는 미로에 들어가면 보름은 지나야 돌아왔다. 흙투성이가 된 모습은 그렇다 치더라도 내장 한두 개가 비어 버린 것처럼 비참해 보였다. 나는 피곤에 절어 누워 있는 아버지의 무릎이나 손가락을 살며시 만져 보았다. 급류처럼 강인하게 얽혀 있는 근육의 탄력을 확인하고서야 안심이 되었다. 아버지는 미치지 않았다. 이렇게 뜨거운 피가 흐르고 단단한 피부를 가진 사람이 미칠 수는 없는 일이었다.

아버지는 평생 부지런했다. 택시 기사였으며 건강식품 대리점도 했다. 침대 매트리스 영업 사원이었다가 작은 봉제 공장을 운영한 적도 있었다. 돈을 벌기도 했다. 그러나 대개는 버는 것보다 갚아야 할 돈이 더 많았다. 아버지는 새벽부터 밤까지 무거운 짐을 지고 날랐고 부품을 사러 시장을 누비고 다녔다. 시장에서 가장 싼 음식을 먹어 가며 몸을 아끼지 않고 일했다. 그래도 형편은 나아지지 않았다. 빚은 점점 많아졌다. 아버지가 버는 건 원금은 고사하고 이자를 갚는 데만도 숨이 찼다. 그런 아버지가 수백억 원을 횡령해서 미로 속에 숨겼다고 한다. 우리 중 누구도 그 돈을 보지 못했다. 다만 어느 날부터 쫓기듯 초조한 얼굴로 정신없이 미로를 만드는 아버지를 보았을 뿐이다.

아버지는 미로에 새로운 미로를 추가했는데 화살표, 비상구, 출입구, 전방 13미터 앞 갈림길 따위의 표지판을 만들어 미로 곳곳에 배치했다. 표지판이 전부 가짜인 것은 아니었다. 대다수는 진짜였다. 화살표는 옳은 방향을 가리켰고 남은 거리는 정확했으며 그 끝엔 출입구가 있었다. 다만 그중 여섯 개만이 틀린 방향을 가리켰고 남은 거리를 속였으며 닫힌 비상구 앞으로 걸음을 인도했다.

그러나 미로의 진짜 위험을 제대로 감지하고 있는 사람은 없었다. 하루는 나와 오빠가 학교에 가고 어머니가 외출한 사이 침입자가 들어왔다. 아버지가 미로를 보완·증축·재설계하기 위해 안으로 들어간 지 열흘째 되던 날이었다. 우리가 집에 돌아왔을 때 대문은 황망하게 열려 있었다. 마루와 방에는 검은 신발 자국이 숨기려는 기색 없이 어지럽게 찍혀 있었다. 우리는 그가 누구인지 알 수 없었다. 신발 사이즈와 마당에 패인 흙의 깊이로 그가 거구일 거라 짐작할 뿐이었다. 우리는 아버지가 위험에 처했다는 것을 알았지만 어떻게 손을 써야 할지 몰랐다.

아버지는 미로가 아직은 너무도 불완전하기 때문에 우리 중 누구도 절대로 들어와서는 안 된다고 평소에 신신당부를 했다. 자칫 잘못 발을 들였다가는 영영 빠져나올 수 없을 거라고 경고했다. 그러나 미로에 무질서만이 난무하는 것은 아니었다. 몇 가지 규칙만 제대로 지킨다면 한 방향으로 계속해서 나아가는 게 불가능하지는 않았다.

첫째, 절대로 길을 기억하려 해서는 안 된다.
둘째, 되돌아오기 위해 어떤 표지도 남겨서는 안 된다.
셋째, 절망하거나 분노해서는 안 된다.

그러나 우리 중 누구도 그런 규칙을 실제로 적용할 만큼 이해할 수는 없었다. 아버지는 때가 되면 우리가 미로를 장악할 수 있는 법칙을 한 문장으로 압축해서 알려 주겠다고 했다. 그것은 아버지가 미로를 드나들 때마다 표지처럼 아버지의 몸에 스스로 새겨지고 있다고 했다. 아직은 희미해서 알아보기 힘들지만 차차 뚜렷해질 것이라 했다. 그때가 되면 우리는 더는 두려움 없이 수백억 원의 돈을 마음껏 쓸 수 있게 될 거라고 했다.

그날 밤 우리는 잠들지 못했다. 아버지가 걱정되는 한편 침입자가 두려웠다. 우리가 미처 알지 못하는 출구로 침입자가 돌아와 버리는 건 아닌지 작은 소리에도 신경이 곤두섰다. 우리는 소문으로 들었던 침입자의 잔인성에 대해 얘기했다. 물론 소문 속의 침입자가 미로의 침입자와 같은 사람일 리는 없었다. 하지만 침입자들 사이엔 명백한 유사성이 있으니 한 침입자로부터 다른 침입자를 추측하는 게 아예 무의미하지는 않았다.

오빠는 비겁한 싸움꾼에 대해 얘기했다. 어머니는 탐욕스러운 칼잡이에 대해 말했다. 나는 천재적인 사기꾼에 대해 말했다. 우리 셋은 꼭 붙어 밤새 보초를 섰다. 그러나 아버지도 침입자도 돌아오지 않았다. 나는 선잠 속에서 울퉁불퉁한 껍질을 지고 있는 거대한 거북이 꿈을 꾸었다. 거북이가 입을 벌리는 순간 슬쩍 그 안을 들여다봤다. 입 안은 방사선이 뿜어져 나오는 우주였다. 고요하고 아름다웠으나 치명적이었다. 발끝이 저렸다. 거기로 떨어지고 싶지 않았다.

다음 날 어머니가 미로로 들어갔다. 나와 오빠는 어머니를 말렸다. 침입자는 우연히 미로로 들어가게 되었을 것이다. 침입자는 아버지가 그 안에 있다는 사실조차 모르고 있을 것이다. 아버지는 며칠 후면 여느 때처럼 돌아올 것이다. 어머니가 안으로 들어간다면 도리어 침입자와 마주칠 확률이 높다. 침입자는 미로 속에 갇히며 공황 상태에 빠져 날뛰고 있을지도 모른다. 어머니가 그 안에 들어간다면 침입자가 어머니를 곤경에 빠뜨릴 것이다. 이 대목에서 어머니가 나와 오빠를 돌아보았다.

"그를 먼저 곤경에 빠뜨린 건 우리야."

어머니가 말했다. 나는 그때 어머니의 얼굴에서 잔인해 보일 정도로 빛나는 자부심을 보았다. 순간 나는 깨달았다. 어머니는 아버지에게 위험을 알리러 가는 것이 아니었다. 어머니는 침입자를 제거하러 가는 것이었다. 아버지 혼자의 고집과 집착으로 만들고 있다고 생각했던 미로는 사실 우리 모두의 공조 속에서 이루어지고 있었다. 우리는 아버지의 이야기를 믿지 않는 척하면서도 실은 믿고 있었다. 수백억 원의 돈을 믿고 있었다. 우리는 아버지만큼이나 그 돈을 지키고 싶었다. 그게 우리 가족이 살길이었다. 나는 만일 어머니가 나서지 않았다면 며칠 뒤 나나 오빠가 나섰을 거란 걸 어렴풋이 느낄 수 있었다.

시간이 거센 홍수처럼 밀려갔지만 어머니도 돌아오지 않았다. 어머니의 부재는 우리에게 아버지의 부재와는 다른 느낌을 주었다. 아버지의 부재가 위태롭고 초조한 걱정을 끼쳤다면 어머니의 부재는 코르크 마개처럼 침입자로부터 우리를 막아 주었다. 우리는 기이하게도 어머니의 부재로 보호받고 있다고 느꼈다.

나와 오빠는 서로를 감시했다. 우리는 서로에게 굳게 약속했다. 더는 누구도 미로로 들어가서는 안 된다. 경찰은 부모님의 실종으로 여러 번 우리 집을 찾아왔다. 우리는 수차례의 심문 속에서도 미로에 대해서 함구했다. 경찰들은 조직적으로 치밀하게 집을 수색했지만 미로를 발견하지 못했다. 사건은 별 혐의점 없이 종결되었다.

2년 뒤 우리는 낡은 집을 담보로 돈을 빌렸다. 아버지가 돈을 횡령한 뒤 집의 명의를 오빠 이름으로 바꿔 두어서 가능한 일이었다. 대학을 졸업한 오빠는 스페인으로 유학을 떠나고 나는 꼼으로 떠났다. 우리는 각자 새로운 생활에 적응한 듯 보였다. 오빠가 방학 때마다 미로가 있는 집으로 돌아가는 게 마음에 걸렸지만 어쩔 수 없었다. 노파심이 들면 나도 오빠의 방학에 맞추어 집으로 돌아갔다. 우리는 타국에서 배운 낯선 음식을 해 먹고 각자 익힌 외국어로 대화를 했다. 오빠는 나에 비해 더 다양한 언어를 구사했지만 자세히 들어 보면 엉망이었다.

서로 만나지 못한 채 지낼 때도 있었다. 나는 점점 집으로 돌아가는 게 꺼려졌다. 나는 오빠에게 방학 때 내가 있는 곳으로 놀러 오라고 부추겼다. 이곳에 완전히 새로운 세상이 있는 양 굴었다. 그러나 오빠는 번번이 집으로 갔다. 나는 집으로 돌아간 오빠의 연락을 못 받은 척했다. 핑계를 댔고 전화나 메신저 대신 타이밍이 어그러질 수밖에 없는 엽서를 보냈다. 나는 이제 꽤 사람이 다 되었다면서 더는 이곳의 후텁지근한 공기를 떠나서는 살 수 없을 것 같다고 호들갑을 떨었다. 그런데 오빠가 방학도 아닌 때 집으로 돌아와 있다가 미로 속으로 들어가 버렸다. 오빠가 석 달 후에 발송되도록 설정해 둔 예약 메일을 통해 뒤늦게 그 사실을 알았다. 컴퓨터 앞에서 나는 이마에 경련이 이는 것을 느끼며 충격을 견뎠다.

어렸을 때 우리 집 창고에 쥐가 들어온 적이 있었다. 지푸라기며 신문 쪼가리, 비닐을 끌어다 상자 속에 집을 만들어 놓은 걸 아버지가 발견했다. 아버지가 쥐의 집을 내다 버렸지만 쥐는 계속 창고를 돌아다녔다. 창고에 있는 홍시를 갉아 먹고 쌀가마니를 쏠아 쌀을 훔쳐 먹었다. 오빠와 나는 인터넷에서 페트병과 나무젓가락, 고무줄로 쥐덫 만드는 법을 찾아 쥐덫을 만들었다. 쥐를 죽이고 싶지는 않았다. 페트병 안에 쥐가 갇히면 산에 올라가서 놓아줄 생각이었다. 하지만 맛있는 치즈와 멸치, 아몬드를 넣어 놔도 쥐는 페트병 안으로 들어오지 않았다. 결국 아버지가 끈끈이를 놓았다. 다음 날 무심코 창고에 들어갔다가 나는 흰 선반 위에 놓인 끈끈이에 붙어서 죽어 있는 쥐를 발견했다. 꽤 큼직한 회색 쥐였다. 둥근 등이 보였다. 쓰다듬어 주고 싶을 정도로 고요한 등이었다. 죽었다. 결국 죽었다. 나는 소리쳐 울었다. 이틀 내내 울었다. 나가서 어디에서든 살지 끝내 창고에서 죽은 모습이 사무치게 아팠다.

나는 오빠의 메일을 죽은 쥐의 회색 등을 보듯 바라보았다. 어렸을 때처럼 소리쳐 울지는 않았다. 멀리 있는 만큼 별로 충격을 받지 않은 것 같기도 했다. 나는 일단 생각해 보기로 했다. 우선 가족이 살아 있을 가능성을 생각해 보았다. 아버지는 오래전부터 만약의 경우를 대비해 식료품과 구급약, 침낭 따위를 미로 곳곳에 쌓아 놓았다. 그 양을 정확히는 모르지만 아버지가 매번 미로 속으로 들어갈 때마다 물품을 들여갔기 때문에 아마도 상당한 양이 될 것이었다. 그렇다면 그들 중 누구도 최소한 굶어 죽거나 얼어 죽지는 않을 것이다.

문제는 공포였다. 미로 속에는 정체를 모르는 침입자가 있었다. 아버지는 침입자의 존재를 몰랐다. 만일 아버지가 침입자로부터 아무런 영향도 받지 않았다면 여느 때와 다름없이 보름 뒤 돌아왔을 것이다. 그러나 아버지는 돌아오지 않았다. 이로써 몇 가지의 가능성을 추측해 볼 수 있었다. 첫째, 아버지가 침입자와 만났을 가능성이다. 그들은 싸웠고 그러다 둘 중 하나가 죽었을 수도 있다. 어쩌면 둘 다 죽었을 수도 있다. 혹은 죽음 직전에 극적으로 서로에게서 도망쳐 그대로 미로 속을 헤매고 있는지도 모른다. 둘째, 그들이 만나지 않았을 가능성이다. 아버지는 침입자의 존재를 모른 채 일을 마치고 돌아오다 표지 몇 개가 이상하다는 걸 눈치채고 자신의 것이 아닌 발자국을 발견한다. 아버지는 본능적으로 위험을 감지하지만 이미 늦었다. 의도했건 의도치 않았건 침입자 때문에 아버지가 사용하던 은밀한 표지 몇 개가 망가졌고 아버지는 더듬이를 잃은 개미처럼 미로 속에 갇히게 된 것이다.

그러나 어머니는 침입자가 어디로 들어갔는지 알고 있었다. 어머니는 침입자보다 유리했다. 상대가 거구라 해도 미로 속에서 왜소해지지 않을 인간은 없다. 첫째, 어머니는 침입자를 찾았을 것이다. 어머니는 기습 공격을 했을 테고 성공했을지도 모른다. 아니면 침입자가 재빨리 반격하는 바람에 도리어 당했을지도 모른다. 둘째, 어머니는 침입자를 찾지 못했을 것이다. 어머니는 신경을 곤두세우고 지하 통로에서 겹겹이 울려 나오는 미세한 소리들을 분간해 가며 침입자를 찾아다니고 있을 것이다. 그러다 길을 잃고 헤매는 아버지를 침입자로 오인할지도 모른다. 셋째, 어머니는 아버지를 만났을 것이다. 어머니는 아버지에게 침입자에 대해 얘기하고 둘은 함께 침입자를 뒤쫓거나 출구를 찾고 있을지 모른다.

오빠의 경우가 가장 분명치 않았다. 오빠가 미로로 들어간 것은 어머니가 사라진 지 4년이 지난 뒤였다. 4년은 살아 있기에는 길고 죽어 있기에는 짧은 시간이다. 오빠는 아무것도 단정할 수 없는 시기에 미로로 들어갔다. 어쩌면 오빠는 돈이 필요했을지도 모른다. 유학생 중 노름에 빠지는 경우가 많다는 얘길 들었다. 오빠도 노름을 했을지 모른다. 돈을 갚지 못해 매우 비굴한 일을 당했을지도 모른다. 오빠는 이메일에 아버지와 어머니를 찾고 싶을 뿐이라고 썼다.

오빠는 키가 크고 건장했다. 담력이 세고 운동신경도 뛰어났다. 그러나 원체 싸움을 싫어했다. 나는 오빠가 설사 침입자와 마주친다 해도 그와 맞붙어 싸우고 싶지 않을 거란 걸 안다. 그 때문에 오빠는 누구에게도 당할 수 있었다. 설사 아버지나 어머니를 만난다 해도 미로 속에서 보낸 세월이 4년이다. 그들은 과연 정상일까? 어쩌면 아버지나 어머니는 정신착란을 일으켜 침입자보다 훨씬 위험해졌을지도 모른다.

나는 오빠의 이메일을 반복해서 읽으며 계속 생각했다. 미로 속에는 나의 가족 세 명과 침입자 한 명이 있다. 수적으로는 명확히 우리가 우세했다. 그러나 한 명의 침입자를 제대로 분간할 수 없을 때 세 명은 과연 서로에게 동료일 수 있을까. 한 명이 일으키는 공포가 결국 세 명을 파멸로 몰아넣지는 않을까. 아니, 이미 그들은 파멸된 게 아닐까. 머리가 지끈거렸다. 나는 세면대에 물을 받아 세수를 했다. 내 얼굴은 살짝 긁히기만 해도 빨갛게 자국이 남았다. 나는 일부러 이마에 손톱자국 두 줄을 그었다. 단 한 번도 다른 얼굴이었던 적이 없으면서도 나는 내가 이런 얼굴인 것이 좀처럼 이해되지 않았다.

이젠 내 차례였다. 둘이 남아 있는 것과 혼자 남아 있는 것은 차원이 달랐다. 혼자라면 선택의 여지가 없다. 오빠로 인해 균형이 깨졌고 이젠 나도 빨려 들어갈 수밖에 없었다. 그것이 나에게 남은 유일한 사건이라는 걸 알았다. 그러나 나는 망설이고 있었다. 미로도 두렵지만 침입자가 더욱 두려웠다. 나는 스스로를 겁쟁이, 비겁자, 배신자라고 욕했다. 동이 틀 때마다 아직도 미로로 들어가지 않은 것에 죄책감을 느꼈다.

아픈 몸으로 다락방에 기어 올라가 연결되어 있는 방을 세 개나 지나갔다. 그러나 곧 되돌아왔다. 무서웠다. 방에 들어가 누웠다. 시름시름 앓으며 열이 내리지 않길 바랐다. 휘청거리며 속이 조금만 메스꺼워도 억지로 구토를 했다. 소용없을 거란 걸 알면서도 나는 몸이 아프다는 핑계를 대며 시간을 늘리고 있었다.

마당 한구석에 고양이가 있었다. 이곳에 익숙한지 나의 기척에도 당황하는 기색이 없었다. 나는 정오의 태양 아래서 고양이의 털을 봤다. 회색 털이 여섯 음절의 시처럼 반짝였다. 불현듯 하나의 생각이 떠올랐다. 미로로 들어간 것은 단지 그들만이 아닐지 모른다. 집에 또 다른 침입자의 흔적은 없었다. 그러나 흔적을 남기지 않는 침입자라면, 혹은 우리가 대수롭지 않게 여기는 흔적만을 남기는 침입자라면 얘기가 달라진다.

나는 옷을 갈아입고 머리를 새로 빗어 묶고 동네로 나갔다. 마트에서 미용실에서 버스 정류장에서 사람들의 얘기를 들었다. 몇마디를 묻기도 했다. 최근 몇 년간 기승을 부리던 길고양이와 몇종류의 비둘기들이 급격히 줄었다는 이야기를 들었다. 나와 오빠가 집을 비운 사이 얼마나 많은 동물들이 미로로 들어갔을지 상상조차 할 수 없었다. 벌레, 풀씨, 꽃가루, 환형동물까지 얼마나 빨아들였는지도 알 수 없었다. 한번 들어가면 다시는 나오지 못하는 그곳에서 그것들이 교미를 하고 새끼를 낳고 알을 낳고 씨를 뿌려 한 마리가 열 마리로, 한 마리가 백 마리로, 한 포기가 천포기로 퍼져 나가는 광경을 떠올렸다. 부화하지 않은 수만 개의 고치가 주렁주렁 매달려 있는 광경을 떠올렸다. 그러다 갑자기 악화된 생활환경으로 한순간에 전부 죽어 버리는 광경도 떠올렸다. 출구를 찾아 마실 물을 찾아 신선한 공기를 찾아 헤매다 만물이 쓰러지고 그 죽음의 부패로 오염된 미로도 연이어 떠올렸다.

어느 날 밤, 예기치 않은 소리에 잠이 깬 나는 놀라운 광경을 목격했다. 문이란 문은 완전히 잠겨 있는 밀실에서 고양이 울음소리가 났다. 외부에서는 그곳으로 들어갈 방법이 없었다. 그렇다면 고양이는 내부에서 나왔을 터였다. 며칠째 마당에 자주 출몰하던 고양이를 보지 못했다는 사실이 떠올랐다. 문을 열었다. 고양이가 상처투성이가 되어 처량하게 엎드려 있었다. 고양이를 내가 쓰는 방으로 옮겨서 세심히 상처의 이물질을 닦아 내고 소독했다. 흥분을 감출 수가 없었다. 고양이는 미로에서 돌아온 것이다.

그 뒤로도 고양이는 미로를 드나들었다. 미로 속엔 고양이의 먹이가 풍부한 게 틀림없었다. 차츰 고양이에게서 혼돈의 냄새가 나는 걸 맡을 수 있었다. 처음 얼마동안 고양이를 이용해 가족 누군가에게 메시지를 전할 수 있지 않을까 생각했다. 얇은 가죽으로 편지를 싸서 고양이 목에 묶어 보냈다. 편지는 침입자에게 발각되더라도 쉽사리 해독되지 않도록 복잡한 암호를 뒤섞어서 썼다. 가족이 공유하고 있는 추억을 바탕으로 암호를 고안하는 데만 꼬박 나흘이 걸렸다. 그러나 편지는 매번 아무도 손댄 흔적 없이 되돌아왔다. 편지에는 진흙, 돌 조각, 알 수 없는 얼룩, 다른 동물의 피나 털이 묻어 있긴 했지만 뜯겨진 흔적은 없었다. 고양이를 길잡이 삼아 미로 속에 들어가려고도 해 봤지만 잘되지 않았다. 고양이는 줄에 묶이거나 내가 뒤쫓는 것 같으면 미로에 접근조차 하지 않았다.

몸이 회복되고 나자 더는 미룰 재간이 없었다. 고심 끝에 미로로 들어갈 날을 2주 뒤로 정했다. 필요한 물품들을 구입하고 집 안을 정리했다. 혹 가족 중 누군가 미로를 빠져나왔을 때 상황을 알 수 있도록 편지를 써서 여러 통을 집 안에 숨겨 뒀다. 준비를 마치고도 기간은 일주일이나 남았다. 나는 여전히 그 무엇보다도 침입자가 두려웠다.

해가 바짝 드는 낮이면 나는 마루 끝에 걸터앉아 미로 속을 상상했다. 흙바닥을 지난다면 그때 밟을 것이 마른 흙일지 진흙일지 붉은 흙일지 세밀하게 생각했다. 기어갈 땐 엉덩이까지 바짝 낮춰야 할지, 가파른 곳을 내려가다 떨어지진 않을지, 한 번 지나친 곳을 두 번, 세 번, 네 번 계속해서 지나치게 될지, 사나운 개나 고양이 혹은 쥐한테 물리지는 않을지, 내가 잠든 사이 거미가 귀 속으로 들어가지는 않을지에 대해 계속해서 생각했다. 밤에는 낮에 미처 다 다루지 못한 또 다른 혼란에 대한 꿈을 꿨다. 덩굴식물이 자라 표지를 뒤덮어 버리고 표지의 일부를 쥐가 갉아 먹고 고양이의 피가 표지에 새로운 방향을 덧붙여 놓는다. 그러나 나는 그 모든 것을 예상한 듯 놀라지 않는다. 나는 꿈에서 아버지의 말을 기억했다. 절대로 길을 기억하려 해서는 안 된다. 되돌아오기 위해 어떤 표지를 남겨서는 안 된다. 절망하거나 분노해서는 안 된다.

꿈에서 깨고 나면 미로에 가까이 가고 있다는 느낌이 확실하게 들어서 얼마쯤 흥분했다. 상상이 현실이 되고 혹은 현실이 상상과 같아 두려움을 이길 수 있기라도 하다는 듯. 마치 반복해 사용할 수 있는 생명이 몇 개라도 된다는 양.

아버지가 미로를 장악할 수 있는 법칙을 알려 주겠다는 말을 떠올린 것은 미로로 들어가기 이틀 전이었다. 아버지가 지금껏 살아 있다면 그 문장이 완성되었을지 모른다고 생각했다. 그러나 문장이 완성되었다면 아버지는 미로를 빠져나왔을 것이다.

고양이가 미로에서 막 돌아와 내 발치에 엎드렸다. 나는 고양이의 꼬리를 가만히 쥐었다. 오후 4시였다. 그림자가 넘어지려는 것처럼 기울었다. 생각이 뚜렷해지고 있었다. 냄새만으로도 바다가 가까이 있음을 알고 피가 끓듯 나는 느끼고 있었다. 아버지의 문장은 고양이 속에도 있었다. 고양이는 미로에 들어갔다가 얼마든지 다시 나올 수 있었다.

꼬리를 살며시 놓고 몇 걸음 떨어져 고양이를 바라봤다. 고양이는 지쳤는지 잠깐 고개를 들어 나를 쳐다보았을 뿐 움직이지 않았다. 나는 수수께끼를 손에 쥔 아이처럼 안달이 나 금세 신경질적으로 됐다. 마음이 흔들렸다. 그 한 문장을 찾는다면 미로는 내 앞에서 해체되리라. 미로는 벌판처럼 열리고 별이 지표가 되어 혼돈을 흡입하리라. 나는 산보하는 걸음으로 그들이 있는 모든 곳에 다다르리라.

고양이의 느긋한 움직임에 흐릿한 줄무늬가 물결쳤다. 그것은 내게 갓 찍어 낸 신문의 활자처럼, 강변의 억새처럼 유의미한 형상으로 보였다. 그러나 아직은 알아볼 수 없었다. 등뼈를 가로질러 구부린 다리 위의 작은 소용돌이, 미간의 포물선, 발뒤꿈치의 곡선은 잃어버린 옛말이자 발음할 수 없는 소리였다. 어쩌면 시간을 들여 그것들을 일일이 관찰하고 기록해 패턴을 찾는다면 알아낼 수 있을지도 몰랐다. 그러나 나에겐 시간이 없었다. 표지가 완성되길 기다릴 수가 없었다. 나는 벌써부터 내가 세상의 흐름에서 제외되어 단독적인 시간 속에 처박히게 되었다는 걸 알고 있었다. 여기에서 번복할 수 있는 것은 아무것도 없었다. 쓸쓸히 언젠가는 완성될 고양이의 표지를 상상했다. 언젠가는 존재할 것이나 나와는 상관없을 그 영광스러운 표지를 그리워했다. 저녁 대신 먹었던 사과의 즙이 손가락 사이에 말라붙어 있었다.

해가 지도록 내버려 두고 나는 다시 꿈을 꿨다. 거리를 헤매고 다녔다. 사람들에게 오빠를, 어머니를, 아버지를, 심지어 침입자에 대해서까지 묻고 다녔다. 20년 전에 이끼 낀 담벼락 위로 켜켜이 지어진 집들, 그 아래로 화방과 수제품 모자 가게가 있고 귀퉁이 땅에서 나무가 자랐다. 길 건너 조명 가게는 멀리서 보면 색유리를 끼워 놓은 것 같았다. 길게 뻗은 돌담을 계속해서 따라 내려가면 극장과 티베트 박물관이 나왔다. 거리는 아주 사소한 것 몇 가지를 제외하곤 아무것도 바뀌지 않았다.

사람들은 그들에 대해 아무것도 몰랐다. 그런 사람은 들어본 적도 없다고 했다. 그러나 어떤 사람들은 알고 있다고 했다. 얼마 전에 봤다고 했다. 만났다고 했다. 조금 전에 저쪽으로 갔다고 말하는 사람도 있었다. 나는 그들이 가리킨 방향으로 뛰었다. 멀리서 내 오빠 같은, 어머니 같은, 아버지 같은, 어쩌면 침입자처럼 보이는 사람을 봤다. 나는 달렸고 누군가를 따라잡았다. 그의 외투를 잡아당겼다. 나를 향해 돌아보게 했다. 그러나 나를 보고 있는 건 그저 얼굴, 그것뿐이었다. 세상에는 단 하나의 얼굴만 남아 있었다. 길을 지나던 누군가 내게 말했다.

"너는 어렸을 때 그런 얼굴을 하고 있었어."

그러나 나의 어린 시절 얼굴을 기억하는 사람들은 미로에 있었다. 이건 정말 비현실적이었다. 가족이 있어야만 내 얼굴이 완성된다. 나는 골목길을 몇 시간 더 헤매다 지쳐서 돌아왔다. 그러나 돌아와 봤자 여전히 꿈속이었다.

마지막 하루가 남았다. 나는 계속해서 꿈을 꿨다. 미로로 들어갔고 침입자를 만났고 그를 죽였다. 그러나 새로운 길에 들어설 때마다 침입자가 다시 나타났다. 그를 다시 죽여야 했다. 진창에서도 마당 같은 넓은 공터에서도 바위틈에 끼여서도 침입자를 만났고 그를 죽였다. 나는 계속 미로를 헤맸다. 도무지 빠져나올 수 없었으며 매 순간 침입자를 만났다. 그의 얼굴에 점점 익숙해졌다. 침입자의 세밀한 부분까지 기억하게 됐다. 근육의 떨림, 눈동자의 분노, 입술의 날카로운 미소가 마치 내 것처럼 생각되기도 했다. 나는 두려움 속에서 일종의 권태를 느꼈다.

날씨가 차갑고 건조해졌다. 계절은 쉽게 변했다. 어디에도 없었던 것 같은 저녁이었다. 나는 마지막으로 산책을 나갔다. 어쩌면 다시는 못 보게 될 눈에 익은 풍경들을 바라보며 천천히 걸었다. 횡단보도에서 지나다니는 차들을 바라봤다. 신호가 바뀌자 보라색 롤스로이스가 사려 깊은 짐승처럼 조용히 멈췄다. 오래된 가구들로 장식된 고풍스러운 거실을 그대로 떼어 자동차로 만든 것처럼 크고 안락해 보였다. 세상에 어떤 재난이 닥쳐도 끄떡없을 것 같았다. 그러나 혼자 타기엔 너무 컸다. 가족이 함께 탄다면 좋을 법한 차였다. 저런 차를 타는 사람은 대체 어떤 사람일까? 나는 홀린 듯 멍하니 바라봤다. 마침 뒷자리의 창문이 내려졌다. 무심하고 쓸쓸한 얼굴이 창밖으로 슬쩍 나왔다. 별로 대단한 얼굴은 아니라고 생각했다.

그러나 곧이어 나는 충격으로 몸이 굳어 버렸다. 아버지, 나의 아버지였다. 소리를 질러 그를 부르려 했지만 목소리가 나오지 않았다. 신호가 바뀌고 보라색 롤스로이스가 내 앞을 지나갔다. 뒤늦게 차를 따라 뛰었지만 소용없었다. 신물이 올라와 길바닥에서 헛구역질을 했다.

그는 정말 아버지였을까? 손가락 마디마다 굳은살이 박여 있고, 흙투성이가 된 채 지쳐 자고 있던 내 아버지인가? 나는 집으로 돌아와 목 놓아 울었다. 그가 아버지라면 그는 돈을 가지고 미로를 나간 것이다. 아버지는 가족을 등지고 혼자서 미로 밖으로 나가 새로운 세상을 맞이한 것이다. 어쩌면 침입자의 흔적도 아버지가 의도적으로 우리를 떼어 놓기 위해 만들어 둔 건지도 몰랐다. 애초에 침입자 같은 건 없었는지도 몰랐다. 머리카락이 곤두서며 소름이 끼쳤다. 이제야 몽롱한 잠에서 깬 듯 정신이 들었다.

그러나 한편으로 믿을 수가 없었다. 그는 나의 아버지일 리 없다. 나의 아버지가 우리를 배신할 리 없다. 아무리 생각해도 아버지가 어머니와 오빠와 나를 속인다는 건 있을 수 없는 일이다. 내가 평생 봐온 아버지는 그런 사람이 아니다. 나는 믿지 않았다. 절대로 믿지 않았다. 나는 선택했다. 아버지는 저 미로 속에 있다. 수백억 원의 돈과 함께 저 미로 속에 있다.

꾸려 놓은 가방을 멘다. 랜턴을 들고 미로 속으로 들어간다. 몇 주간 그렇게 두려워하고 망설였다는 게 믿기지 않았다. 나에게 다른 삶이란 없다. 나는 사라진 가족 속으로, 영원한 아버지 속으로 들어간다.

아버지는 미로를 만듭니다. 이는 아버지가 만드는 질서의 세계입니다. 가족은 그 이상한 질서 속에서 행복하지 않습니다. 하지만 거부하지 못합니다. 아버지는 평생 가족을 위해 밑바닥에서 일했습니다. 소통이 되지 않는 아버지이지만 헌신적이었습니다. 성공한 적도 없는 아버지입니다. 세련된 것, 여유로운 것을 누려보지도 못한 아버지입니다.

가족은 아버지와 끈끈하게 엉킵니다. 차라리 아버지가 권위적이고 이기적이고 강했다면 나았을지 모릅니다. 아버지의 질서에 저항해 새로운 질서를 만들었을지도 모릅니다. 하지만 아버지는 나약합니다. 보고 있으면 가엾습니다. 그런 아버지가 횡령이라는 놀라운 일을 했습니다. 미친 사람처럼 미로를 팝니다. 이해할 수 없지만 막을 수도 없습니다. 게다가 일이 잘되면 꿈 같은 돈이 내 손에 들어올지도 모릅니다. 누구도 행복하지 않으면서도 기형적인 삶의 형태를 벗어나지 못합니다.

제 삶을 돌아보면 스스로 이럴 때가 많았습니다. 있는 그대로 보지 못하고 애정과 불안, 욕망에 뒤엉켜 스스로 터무니없이 고통스럽게 만들 때가 많았습니다. 삶은 자기가 살아야 하잖아요. 어떤 환경에 있더라도 어떤 교육을 받았더라도 어떤 가치관과 선입견이 내 뼈에 새겨져 있더라도 온 힘을 다해 눈을 떠야 하잖아요. 아침에 일어나서 이불을 개고 세수를 하고 이를 닦는 사소한 행위마다 내 상태가 어떠한지 돌아봐야 합니다. 아버지를, 어머니를, 오빠를 사랑하기 전에 스스로를 자유롭게 사랑해야 합니다.

지난겨울 서리 속에 나방 한 마리가 얼어붙어 있었습니다. 나방은 두려움 없이 해가 뜰 때까지 기다렸다가 푸른 허공으로 날아갔습니다. 손바닥으로 쉽게 쳐서 죽일 수 있는 나방 한 마리도 그렇게 살더라고요. 봄이 짙어지자 풀이 무성하게 우거집니다. 수풀 속 빛도 잘 들지 않는 곳에 작은 풀이 돋아납니다. 평생 아무도 눈여겨보지 않는다 해도 자신의 싱그러움을 다 뿜어냅니다.

저는 이 글을 쓰며 그렇게 살자고 스스로 북돋습니다. 얼어붙어 있을 상황이면 두려움 없이 얼어붙어 있고 돋아날 상황이면 누군가의 인정이나 호의 없이 마음껏 싱그럽자고요. 지금 창밖은 새벽입니다. 온갖 새들이 깨어나 산 전체가 노래하고 있습니다.

박하령

숏컷

박하령

서울에서 태어나 대학에서 사회학을 전공했다. 글을 다루는 일을 업으로 삼다가,
이 땅의 오늘을 사는 아이와 청소년에게 위로가 되고 싶어 그들의 이야기를 쓰기
시작했다. 2010년 KBS 미니시리즈 공모전에 「난 삐뚤어질 테다!」가 당선됐고,
『의자 뺏기』로 제5회 살림 청소년문학상을, 『반드시 다시 돌아온다』로 제10회 비
룡소 블루픽션상을 수상했다. 지은 책으로 『기필코 서바이벌!』『발버둥치다』『1
인분의 사랑』 등이 있다.

일러두기
작품에서 '짧게 자른 머리 모양'을 뜻하는 '쇼트커트'(표준어 표기법)는 작가의 의
도에 따라 '숏컷'으로 표기했습니다.

무언가를 선택해야 하는 문제는 늘 어렵다. "어느 것을 고를까 알아맞혀 보세요"라고 흥얼거리며 짚어 낼 수 있는 일이 아니라서 생각에 생각을 거듭해 보지만 쉽지 않다.

느닷없이 어릴 적 일이 떠오른다. "넌 엄마가 좋아? 아빠가 좋아?" 친할머니가 내게 물었다. 엄마 아빠가 버젓이 내 앞에 앉아 있는데도 말이다. 정말 난감했다. 엄마나 아빠 둘 중 한 사람이 손사래를 치며 "어머니, 그러지 마세요" 하고 질문 자체를 없애 주길 바랐지만 애석하게도 그러지 않았다. 두 분은 입가에 미소를 띠고 기대에 찬 표정으로 내 입만 바라봤고 심지어 아빠는 "두구 두구 두구" 하며 효과음까지 냈다. 자존심 때문에 둘 다 좋다고 답할 수는 없었다. 왜냐하면 친할머니가 이 문제를 내기 직전까지 난 학습지에서 "좋아하는 것을 골라 보세요" 같은 문제들을 풀고 있었기 때문이다. 굳이 고르라는데 둘 다 고를 수는 없었다. 그래서 땀이 삐질삐질 나던 기억이 생생하다.

지금도 그렇다. 주이수와의 관계에서 갈림길 앞에 서 있다. 둘 중 하나를 골라야 한다. 문제는 짜장과 짬뽕을 고를 때처럼 단순히 나만의 호불호로 끝나는 일도 아니고 엄마 아빠의 예처럼 뒷수습이 가능한 일도 아니라는 거다. 나의 선택에 뒤따르는 엄청난 결과를 내가 오롯이 껴안게 된다고 생각하니 부담감에 다리가 꼬이고 살살 배가 아파 왔다. 일단 화장실로 먼저 뛰어갔다. 긴장하면 신체 부위 가운데 항상 장이 먼저 반응했다. 변기 위에 앉아 다시 어릴 적 기억을 떠올려 봤다.

그날, 할머니가 낸 문제에 난 고심 끝에 답했다. 문제의 초점을 흐려서 "난 할머니가 좋아"라고. 내 대답에 세 사람 모두 소리 내어 웃었고 상황은 가까스로 해피 엔딩이 됐다. 지금도 그렇게 할 수만 있다면 좋겠지만 이 문제는 초점을 흐릴 만한 대상도 없고 또 초점을 흐려서도 안 되는 중요한 일이었다. 나 하나로 끝나는 문제가 아니라 앞으로 내가 살아갈 세상에 관한 문제라고나 할까?

아무튼 그 어느 때보다도 평화롭게 지낼 수 있는 주말에 내가 왜 이런 갈등을 해야 하는지 가혹할 따름이다. 화장실 거울에 비친 나를 보니 안쓰러웠다. 뒷머리를 시원하게 쳐 낸 숏컷 스타일 덕에 얼굴은 입체적으로 도드라져 보였지만 요 며칠 잠을 못 자서 그런지 눈은 유난히 퀭하고 목은 휠 듯이 가늘어 보였다. 오

래 입어서 아래로 축 처진 티셔츠의 목선 아래로 빈약한 쇄골마
저 툭 불거진 느낌이다. 맞다! 이 일의 시작은 바로 내 머리 스타
일 때문인지도 모른다. 손다연이 우리 반 아이들 중에서 굳이 나
를 찜해서 교문 앞에서 기다린 건 바로 내 인상 때문이라고 했으
니까. 다연이가 그랬다.

"뭐랄까, 네 숏컷이 인상 깊었어. 카리스마 작렬이었거든"

아니, 내가 의도한 바는 절대 그게 아니라 주이수 때문에 숏컷
을 한 건데. 어쨌거나 그렇게 따지면 '숏컷'이 모든 문제를 촉발
시켰다.

*

손다연과 처음 이야기를 나눈 것은 학기 초 야자 시간이 끝난
후였다. 평소엔 미리 가방을 싸 놓고 종이 울리기 무섭게 튀어 나
갔지만, 그날은 졸다가 필통을 바닥에 쏟는 바람에 여기저기 흩
어진 서른 개가 넘는 필기구들을 줍느라 반에서 제일 늦게 교문
을 나섰다. 항상 교문 앞에는 부모님이나 학원 차량들이 늘어서
있어서 잘 몰랐는데, 그날은 다들 빠져나간 뒤라 그런지 무서울
정도로 사위가 어두웠다. 교문을 나서자마자 어둠 속에서 누군가
가 튀어나와 내 앞을 가로막았다. 손다연이었다.

"승아야, 얘기 좀 할 수 있어? 의논하고 싶은 게 있어서……."

난 반장도 아니고 1등을 하는 아이도 아닌 데다 그렇다고 친구가 많아서 자연스럽게 아이들의 이목을 끄는 아이도 아니건만 왜 굳이 나에게 의논을 하겠단 건지 의아했다. 하지만 일단은 그냥 따라갔다.

학교 근처 아파트 벤치에 앉자마자 거두절미하고 다연이가 꺼낸 이야기는 말 그대로 고민 상담이었다. 물론 처음 서두는 "내 친구 이야기인데……" 하며 말을 꺼냈다. 자기 친구가 같은 반 남자애들하고 길에서 우연히 마주쳐서 재미나게 놀았는데, 노래방에서 춤춘 장면을 아주 묘하게 편집해서는 남자애들끼리 돌려 본다며 어찌해야 할지 몰라 한다고 말했다. 다연이는 친구 이야기라며 내게 둘러댔던 걸 그새 까먹은 건지 눈에 눈물이 그렁그렁한 채로 나를 바라보며 어떡하느냐는 말을 반복했다. 난 시간 절약 차원에서 정공법으로 말했다.

"같은 반 친구라면…… 우리 반 놈들이네?"

내 말에 다연이는 토끼 눈이 되어 팔을 휘둘렀다.

"아니, 아니 그게 아니라……."

"됐고! 대체 누구야? 그런 놈은 잡아 족쳐야 해. 나쁜 놈!"

그러자 다연이는 내 팔을 잡고는 눈물을 펑펑 쏟았다. 그동안 마음고생이 심했던 모양이다. 그런데 다연이의 울음이 길어지자 살짝 걱정스러워지기 시작했다. 왜냐하면 그 이야기를 듣고 격분은 했지만 그렇다고 나 역시 뾰족한 대안이 있는 것도 아니었기 때문이다. 하지만 다연이는 아예 내 손까지 잡고 매달렸다.

"승아야, 나 좀 도와줘. 걔들 좀 잡아 줘."

다연이의 처지를 공감하기에 격렬하게 분개했을 뿐, 내가 직접 잡겠다고 한 건 절대 아닌데 다연이는 뭔가 오해를 한 것 같았다. 그렇다고 바로 거절할 수는 없어서 입을 다물고 있었다.

"도와줄 거지?"

"내 친구 이야기인데⋯⋯"라고 시작하는 서두에 적극 동참했어야 했다. 그랬으면 그냥 적당한 거리에서 친구의 친구로서만 이야기를 나누고 헤어질 수 있었다. 급한 성격이 또 발목을 잡았다. 전후 사정을 다 듣고 난 뒤 어떻게 도와줄지를 잠시 고민해 봤지만 솔직히 난감했다. 왜냐하면 상대는 한두 명이 아니라 이미 익명의 다수인 것 같았다. 다시 말해서 발화 지점만 찾아내서 짓밟아 끄면 상황이 종료되는 그런 불이 아니라는 뜻이다. 적당한 바람과 습도로 지지받고 맘껏 퍼져 가는 뒷산의 산불처럼 상황은 이미 걷잡을 수 없이 번지고 있었다.

양동이로 몇 번 물을 퍼부어 끝날 불이라면 나 역시 얼마든지 뛰어다니며 불을 끌 의향이 있었지만 산불이라면 나로서는 역부족이다. 하지만 다연이는 제발 도와달라며 매달렸고 덕분에 내 마음은 무거워졌다. 쉽게 발을 뺄 수 없는 늪에 이미 한쪽 발을 담근 듯한 불길함이 느껴졌다고나 할까?

사실 난 적당히 이기적인 캐릭터다. 오지랖이 넓어 섣부르게 설레발치거나 호기 내지는 어설픈 명예욕으로 남의 일에 앞장서는 일은 절대 하지 않는다. 그런데 왜 하필 나를 선택했냐고 차라리 다연이에게 따지고 싶을 지경이었다. '나한테 왜 그래?' 이럴 때 엄마가 전화라도 해서 서둘러 귀가하라고 채근하면 핑계 삼아 이 자리를 뜰 수 있을 텐데 오늘따라 엄마는 톡조차도 안 한다. "개똥도 약에 쓰려면 없다"라는 속담이 저절로 떠오르는 순간이다. 내가 집에 가야 할 시간인 걸 알리기 위해 폰을 들고 시계를 보자 다연이가 다급하게 말을 이었다.

"우리 학교에 내 사촌이 다니거든. 남자애들 사이에 그 동영상이 돌기 시작했으니 걔가 보는 건 시간문제고⋯⋯. 그렇게 되면 난 집에서 쫓겨날 거야. 아니, 아빠한테 바로 맞아 죽을지도 몰라. 우리 아빠는 늘 말보다 주먹이 우선이거든. 요새 피가 바짝바짝 말라 가는 거 같아."

"사촌이 남자애면 걔한테 도와 달라고 하지?"

"말이 사촌이지 남보다도 못한 사이라⋯⋯. 우리 집이랑 라이벌 같은 관계거든."

"그럼, 그날 같이 논 애들한테는 말해 봤어?"

"당연히 얘기해 봤는데 다들 오리발이야. 난 정말 애들이 찍는 줄 몰랐어. 다들 항상 폰을 쥐고 있잖아. 그래서 상상도 못 했지."

산 넘어 산이었다. 할 수 없이 중학교 동창 중에 입 무겁고 진지하기로는 당할 자가 없는 민혁이에게 한번 알아보겠다며 약속하고 헤어졌다. 일단 상황을 파악하고 뒷일을 도모하자며.

  풀기 힘든 숙제를 받아 온 것 같아 집에 와서도 마음이 영 찜찜했다. 거절했어야 하는데 그러지 못한 내가 바보 같다는 생각이 들었다. 아니, 인지상정상 거절까지는 아니더라도 헤어지기 직전에 적어도 나만 믿으라는 말은 뱉지 말았어야 했는데 어쩌다 그 말까지 해 버렸으니. 새삼 내 자신이 실망스러웠다. 내가 이렇게까지 분위기에 잘 휩쓸리는 사람인지 처음 알았다. 제발 부탁한다며 애원하는 다연이에게 측은지심이 들어서 그렇게 말한 거라면 차라리 용서가 된다. 문제는 다른 이유로 휩쓸렸다는 사실이다.
  그건 다연이가 말 사이사이마다 후렴구를 붙이듯이 나를 치켜세웠기 때문이다. 이를 테면 "너 같이 똑 부러지는 애는 모르겠지만" 이러면서 말을 시작하거나 내가 의견을 제시하면 "역시 똑똑한 애는 다르구나"라며 감탄을 했다. 다연이의 그 말들이 나를 완전 오버하게 만들었다. 마치 칭찬에 넘이 나가 춤추는 고래처럼 똑똑하다는 칭찬에 개선장군이라도 된 듯이 이번 일에 앞장서겠노라고 약속했다. 세상에! 어쩌다가 나만 믿으라는 말을 꺼냈을까? 후회막급이다. 그러자 다연이는 내게 엄지손가락을 세워 보이며 말했다.
  "헤어스타일만 봐도 범상치가 않더라니 역시 승아, 넌 카리스마가 있어!"

당황스러웠다. 솔직하게 말하자면 숏컷은 내 성격을 표현한 헤어스타일이 절대 아니다. 난 짧은 머리를 좋아하지 않는다. 보이시한 걸 좋아하지 않으니까. 그보다는 바람이 불면 가냘프게 춤추듯 날리는 긴 생머리를 좋아하는 편이다. 한여름에 얇은 티셔츠를 입은 등에서 찰랑거리며 흔들리는 머릿결을 느낄 때의 기분을 가장 좋아할 정도로 긴 생머리 마니아다. 그럼에도 내가 과감하게 커트를 한 데는 나름의 사연이 있다. 우리 반 반장 주이수와 같은 학원에 다니게 되어서다.

엄마 지인의 소개로, 아니 정확하게는 엄마의 표현대로 말하자면 지인의 빽으로 간신히 우등생들만 다닌다는 학원에 다니게 됐다. 내로라하는 아이들의 모임에 간신히 턱걸이로 들어갔으니 숏컷은 열심히 해 보겠노라는 투지를 반영하는 거라고 다들 알고 있었다. 나 역시 엄마에게 그렇게 선언하며 커트비를 받아 냈다. 하지만 속내는 결코 그게 아니었다. 늘 겉과 속은 다르기 마련이니까. 겉과 속이 같으면 굳이 겉과 속이라고 다르게 이름을 붙일 필요가 없는 것 아닐까?

아무튼 내가 숏컷을 한 속내는 순전히 주이수에게 잘 보이기 위해서였다. 말 그대로 차별화 전략이다. 왜냐하면 학원에는 다들 머리 스타일이 비슷비슷한 긴 머리 일색이었기 때문이다. 게다가 신기하게 학원 여자애들은 어쩌자고 공부까지 잘하나 싶을 정도로 다들 예뻤다. 외모를 칭송하거나 좋은 성적을 비하하려는 게 아니다. 그냥 내 생각에 사람이 모든 걸 다 갖출 수는 없으니까 한 가지만 튀면 되지 않을까 싶은 것이다. 아무튼 내 말의 요지는 다들 엄청 이쁘다는 이야기다. 그래서 그 애들 사이에서 오로지 다르게 보이고 싶어 머리를 자르기로 결심했다.

난 남과 비교하는 짓은 잘 하지 않는다. 외모뿐만 아니라 그 무엇도 남과 비교하는 건 불행을 자초하는 지름길이라는 사실을 누구보다 잘 알고 있으니까. 그건 우리 엄마 아빠 역시 공공연하게 인정한 사실이라 자기들끼리는 어떨지 모르지만 적어도 내 앞에서는 나를 그 누구와도 절대 비교하지 않는다. 그만큼 난 나름 줏대 있게 산다고 믿었는데…….

이상하게 그 학원에만 가면 스멀스멀 자괴감이 들었다. 일부러 생각하지 않아도 그냥 자연스럽게 내 존재감이 희미해지는 게 느껴졌다. 마치 눈 코 입이 큰 서양인 옆에 서 있으면 내가 구멍만 간신히 뚫린 종이인형처럼 느껴지듯이 말이다. 그 사실을 견딜 수가 없어서 옥상에서 뛰어내리는 기분으로 숏컷을 했다.

실제로 어느 정도는 효과를 봤다. 존재감은 확실해졌으니까. 학교에서도 여자애들이 더러 숏컷의 대명사처럼 '승아컷'이라는 표현을 쓰기도 했다. 그리고 내가 의도한 대로 여학생에 그다지 관심이 없는 주이수도 내게 먼저 말을 걸면서 알은체를 했다.

"아! 최승아, 너 우리 반이잖아. 넌 내가 기억하지."

주이수와 사귈 생각이 있었던 건 아니다. 그냥 호감이 있었고,

호감은 탱글탱글 굴러다니는 탱탱볼 같은 거라 내 안에서 주체할 수 없어 어떤 식으로든 표현하고 싶었을 뿐이다. 게다가 난 이제 열여덟이니까. 물론 걔가 먼저 사귀자고 한다면 거절할 생각은 없지만 말이다. 이처럼 난 숏컷으로 카리스마를 풍기려고 했던 건 아니다. 물론 카리스마가 있어 보인다니 나쁠 건 없지만, 이런 무거운 숙제를 떠안기며 억지로 카리스마를 강요하다니 정말 너무하다는 생각이 들었다.

숙제하는 마음으로 주말에 일부러 시간을 내어 민혁이를 만났다. 동영상이 많이 번진 건 사실인 듯했다.

"남자애들 단톡방에 뭐가 돌긴 했지."

"뭐야? 네가 말한 그 '뭐'가 다연이가 찍힌 동영상이란 소리야?"

"그럴걸?"

'그럴걸'이라는 무신경한 표현이 귀에 거슬렸다. 하지만 민혁이의 감정을 건드리면 안 될 것 같아 그냥 참았다. 민혁이는 심지가 깊은 대신 한번 삐치면 순식간에 얼음장처럼 변하는 스타일이다.

"너도 봤어?"

"대충? 음악 소리랑 잡음이 워낙 시끄럽고 화질이 별로라."

순간, 무릎이 꺾이는 기분이 들었다. 정말 실망스러웠다. 저딴 놈을 내가 심지 깊다고 생각했으니……. 자괴감이 들 정도였다.

게다가 눈물을 펑펑 쏟으며 죽을까도 생각했다는 다연이를 떠올리자 정말 화가 났다. 누군가는 죽음을 떠올릴 만큼 힘든 일 앞에서 다른 누군가는 동영상의 질을 운운하는 정도라니, 어이가 없었다. 그래도 침을 삼키고 조심스럽게 말을 이었다. 민혁이를 앞에 두고 콕 짚어 말하면 발끈할 게 뻔해서 싸잡아 말했다.

"남자애들 진짜 너무하네. 너희 다연이란 애가 어떨지는 생각해 봤어?"

"내가 뒤져서 찾아본 것도 아니고 내 폰에 들어온 거 본 건데, 뭐 남이 어떤지까지 일일이 생각해야 해? 크게 이상한 것도 아니고 인생이 바뀔 만한 것도 아닌데, 뭐."

"누군가에겐 인생이 바뀔 수도 있는 거야. 게다가 요상하게 편집된 거라며?"

"남의 인생이 어떻게 바뀌는지까지 내가 알아야 하냐? 그리고 난 요상이 뭔지는 모르겠고 그냥 톡에 떴길래 열어 본 것뿐이야."

"그래도, 만약에 그게 나라면……."

"너? 너 뭐?"

"아니, 만약 동영상 찍힌 애가 네 여동생 민영이라면."

"야! 너 나한테 시비 털려고 만나자고 한 거냐?"

"그게 아니라…… 됐어!"

분명 민혁이에게 더 따질 만한 상황이었는데 거기까지만 하고 마무리 지었다. 왜냐하면 바로 그때 폰에 이수한테 온 문자가 떴기 때문이다.

— 승아, 나 이수. 학원 프린트물을 잊어 먹었는데 복사하게 빌려줄 수
있어?

어? 이수가 내 번호를 알고 있다니……. 감개무량했다. 내 폰으
로 들어온 이수의 첫 문자는 보는 것만으로도 떨렸다. 덕분에 민
혁이에게 더 따져야 할 말은 흔적도 없이 증발해 버렸다. 내게 중
요한 일이 먼저니까. 마음속은 이미 이수로 가득 차서 용량이 초
과됐고 다연이의 일은 말 그대로 감정의 우선순위에서 밀렸다.
허겁지겁 이수 문자에 답했다.

— 당연하지.
— 너희 집 근처로 갈게.
— 언제?
— 한 시간 뒤?

마음이 급했다. 그래서 민혁이에게 누가 유출했는지 진원지를
좀 알아봐 달라는 부탁만 하고 상황을 정리했다. 민혁이는 영 시
큰둥한 표정으로 그러겠다고 대답했다. 나는 어찌 됐든 숙제를
했다는 생각에 홀가분한 마음으로 헐레벌떡 집으로 향했다. 옷도

갈아입어야 하고 프린트에 낙서한 것도 지워야 하고 얼굴에 비비
크림도 발라야 하고……. 할 게 많았다. 마음이 바쁘면서 한편으
로 붕 뜨기도 했다. 사실 프린트는 빌미일 테니까. 그리고 이수가
우리 집을 알고 있다는 것까지도 예사롭지 않다는 판단이 들면서
대책 없이 설렜다. 관심은 곧 애정을 말한다. 그걸 내가 모를 리
없다.

이수와 복사 가게에 다녀온 뒤 함께 떡볶이도 먹고 레몬 슬러
시도 먹으며 이런저런 이야기를 나눴다. 내 추측은 틀리지 않았
다. 이수는 사실 프린트물은 학원 사이트에만 들어가도 얼마든지
다운로드가 가능하다고 했다. 그 말이 함축하는 뜻이 무엇인지는
기본적인 유추 능력만 있어도 다 아는 거니까. 우린 서로 눈을 마
주치고 빵긋 웃었다. 직접화법보다 더 스릴 있고 더 낭만적이라
는 생각이 들었다.

게다가 이수는 이번 주부터 자기 엄마한테 데리러 오지 말라고
했다면서 이제부터 학원에 같이 가자고 제안했다. 그러므로 나에
게는 '오늘부터 1일' 이런 식으로 날짜 세는 일만 남은 셈이다. 기
분이 너무 좋았다. 나도 날짜 세는 걸 할 수 있게 되다니……. 덕
분에 다연이의 일도, 민혁이를 만났다는 사실까지도 까맣게 잊어
버릴 수 있었다.

아니, 아주 까맣게 잊은 것만은 아니다. 수업 시간 중에도 유난

히 노란 머리를 하고 앞자리에 앉은 다연이가 눈에 띌 때마다 내 마음이 뜨끔거렸으니까. 하지만 아직 민혁이에게 아무 답도 듣지 못했던 터라 나름 대기 중이라며 합리화했다. 그래서 다연이가 점심시간에 밥도 안 먹고 책상 위에 엎어져 있는 모습을 보면서도 그냥 못 본 척했고, 수업 중에 양호실에 가는 모습을 보고도 크게 연민을 느끼지 않았다. 아니, 합리화해서가 아니라 이수로 인해 용량이 초과됐다는 것이 더 정확한 표현이었다. 이수와 만난 이후로 온 신경이 이수 쪽으로 쏠려서 다른 생각을 할 겨를이 없었으니까.

물론 이수와 진도가 나간 일은 없었다. 날짜를 세기 시작해도 된다고 확신이 들 만한 일이 더는 없었다는 말이다. 그래도 이수는 내 언저리에서 내내 알짱거리는 게 분명했다. 수업 중에도 자주 눈이 마주쳤고 매점이나 복도에서도 유난히 자주 마주쳤다. 물론 늘 남자애들과 떼 지어 다니는 이수에게 말을 건넬 시간은 없었다.

하지만 그럴수록 이수의 매력은 더 크게 느껴졌다. 서로 눈만 마주치고 지나갈 때 닿을 듯이 닿지 않는 아스라함이 주는 신비감도 좋았고, 또 남자애들끼리 장난으로 주먹질을 하는 모습을 볼 때면 이수의 터프한 매력이 돋보인다고나 할까? 뭐랄까…… 딱 꼬집어 말할 수는 없지만 내게는 내가 모르는 그들만의 세계에 대한 동경 같은 게 있는 것 같았다.

그렇게 이수에게 마음을 쪼개 보내자니 애가 타면서도 한편으로는 이 시간이 달콤하기 이를 데 없어서 마냥 누리고 싶은 욕심도 있었다. 이름하여 지금이 '밀당의 시간'일 테니까. 그래서 다연이가 다소 신경이 쓰여도 민혁이에게 재촉하고 싶은 마음이 없었다. 어쩌면 대기 중인 이 시간이 더 편할지도 모른다는 계산이 내 안에서 얍삽하게 돌아갔으니까. 숙제를 미뤄 놓고 나만의 즐거움을 만끽하는 이 시간을 누리고 싶었다.

하지만 달콤함은 오래가지 않았다. 그 생각을 한 지 딱 하루가 지났을 때, 오후 수업을 마치고 교문을 나서는데 거짓말처럼 다연이와 민혁이가 차례대로 내 앞에 나타났다. 마치 둘이 짠 것처럼. 일의 순서대로 말하자면 다연이와 교문 앞에서 마주쳐서 버스 정류장 쪽으로 걷는데 민혁이가 알은체를 하며 다가왔다. 민혁이는 내 옆에 있는 애가 다연이란 사실을 아는지 모르는지, 아니 아예 아무것도 개의치 않겠다는 태도로 다짜고짜 알게 된 내용을 쏟아 냈다.

"그거 학연초 애들 작품이더라. 애들 말로는 걔들 상습범이라던데. 윤재호 걔 중딩 때부터 유명한 유튜버였거든. 영상 크리에이터가 꿈이라면서 볼만한 것도 만들지만 가끔 애들 입맛 맞추느라 그딴 짓도 하는 거지."

"학연초?"

"너희 반 학연초 출신들 말이야. 준경, 세찬, 현호, 이수 걔네들 알지?"

"설~마."

마지막에 나온 이수 이름 때문에 나도 모르게 설마라고 하며 여지를 뒀다. 그러자 민혁이는 어이없다는 듯이 반박했다.

"뭐가 설마야? 같이 만든 놈이 한 말인데."

얼굴이 화끈거렸다. 그렇다고 민혁이에게 이수 이름은 빼 달라고 말할 수도 없었다. 정작 옆에 선 다연이는 자신이 바로 그 동영상의 주인공이라는 사실을 알리고 싶지 않아서인지 남의 일인 듯 무표정하게 서 있기만 했다.

"근데 걔들 대체 왜 그런대?"

"내가 아냐? 장난 반 골탕 반, 뭐 그런 거겠지. 당싸라던데."

"당싸?"

"당해도 싸다, 뭐 그런 거지."

"뭐야? 그런 게 어딨어?"

나조차도 언성이 높아지는데 참을성이 많은 건지 다연이는 여전히 묵묵히 무표정했다. 내가 씩씩거리며 콧김을 뿜어내자 민혁이는 더 엮이기 싫어서인지 학원에 간다며 잽싸게 내빼 버렸다. 난 다연이에게 물었다.

"네가 그날 같이 논 애들이 걔들이야? 우리 반 학연초 출신들?"

"준경이, 현호만."

그 자리에 이수가 없었다는 사실에 안도의 한숨을 쉬었다. 그래도 기분은 깔끔하지 않았다. 사실 학연초 졸업생들이 우리 학교 입학 배치고사 순위에서 모조리 상위를 차지했고, 또 교외 경시대회 수상자들도 거의 다 학연초 출신들이라 학교 안에서는 은근히 자부심을 갖는 집단이다. 들리는 설에 의하면 학연초등학교 교장 쌤이 감사패를 줬다는 황당한 소문까지 있을 정도였다. 수업 시간 중에도 더러 쌤들이 칭찬하면서 이름을 올리기도 했는데 이런 일에 앞장섰다니 정말 의외였다.

"근데 걔들은 아니라고 했다며."

"응."

"그럼 어째야 하지? 다 들었다고 하면서 따져야 하나?"

내가 말하면서도 이건 아니라는 생각이 들었다. 따진다고 해결될 일이 아니란 것 정도는 나도 알았다. 하지만 이수 이름을 들은 뒤로는 마음이 복잡해져서 아무 말이 막 나왔다. 그걸 알 리 없는 다연이가 진지하게 대꾸했다.

"따진 다음엔?"

"아니…… 따진다고 되는 건 아니고. 그렇다고 쌤한테 꼰지르는 것도 그렇고."

"그건 안 돼."

"나도 알아."

쌤한테 말하는 순간 지금까지 은밀하게 돌던 동영상이 순식간에 전교생의 수강 필수 동영상이 될 게 뻔했다. 학교에 일이 생기면 쌤들은 빠른 처리를 위해 가해자로 의심 가는 애들을 닥치는 대로 불러들여 사실을 말하라고 종용했다. 무신경한 쌤의 경우엔 모든 아이들이 들락거리는 교무실 한가운데서 닦달하는 경우도 있다. 그러다 보면 일은 순식간에 퍼지기 마련이다. 피해자의 입장은 전혀 고려하지 않았다.

그중에서도 가장 최악의 경우는 가해자로 지목된 아이 중 하나가 부모님에게 억울함을 호소하게 되는 경우다. 부모님이 끼어들면 일이 일파만파로 커져서 인터넷에 뉴스로 뜨거나 심지어 법정으로 가게 될지도 모른다. 그렇게 되면 입장 차이로 억울한 피해자가 기하급수적으로 늘어나기도 할 것이다. 하지만 뭐니 뭐니 해도 그중에서 최고 피해자는 결국 동영상의 주인공이 된다.

여기까지 생각이 전개되자 너무너무 고민스러워졌다. 내 일은 아니지만 상상만으로 이미 머리가 터질 것 같은 기분이 들었다. 그때 다연이가 바닥에 주저앉아 울먹였다.

"어쩌면 이 문제는 영원히 해결되지 않을지도 몰라. 지금 이 순간에도 동영상은 퍼지고 있을 테니까."

사실 동영상이 퍼지는 속도는 입에서 입으로 전해지는 악의에 찬 소문이 퍼지는 것과는 비교가 안 될 정도로 더 빠를 것이다. 폰에 손가락 한번 댔다 떼면 동영상 하나쯤은 실시간으로 국경을 초월해 퍼져 나간다. 심지어 동영상을 건네받는 사람에게 동영상 속의 주인공은 익명의 존재에 불과하므로 아무런 죄책감 없이도 다른 사람에게 전달할 수 있다. 악의조차 없으므로 더 해롭다. 악의를 가지고 한 행동은 당사자의 마음에 미세한 흔적이라도 남기는데 무신경하게 퍼뜨리는 자들은 자신이 무슨 행동을 하는지 의식조차 못 할 것이다.

"그러게. 그게 범죄란 사실을 알아야 하는데……"

자포자기한 듯한 표정으로 실의에 빠진 다연을 보고 있자니 겁이 덜컥 났다. 정말 저러다 뭔 일이라도 저지르면 어쩌지 하는 걱정이 앞섰다. 난 어떻게든 이 일을 가볍게 만들고 싶었다. 지금 당장 거짓말이라도 해서 다연이가 비극에 빠지지 않게 하고 싶었다.

"다연아, 네가 너무 과민하게 반응하는 거 아닐까? 민혁이 말로는 별것도 아니라던데…… 그냥 흐지부지 사라질 수도 있잖아."

"평소 수위가 높은 걸 보는 남자애들에겐 별게 아닐 수도 있겠지. 아닌 게 아니라 막상 보면 별건 없어. 하지만 어두운 조명 속에서 내 웃음소리를 배경 삼아서 내가 춤추는 실루엣을 넣은 동영상은 많은 걸 상상하게 하잖아. 그게 제일 무서운 거야."

영상을 직접 보지 않았지만 상상은 실제보다 더 많은 걸 불러온다는 걸 알기에 악의적인 편집이 얼마나 무서운지도 알고 있었다. 빠져나갈 구멍조차 없이 음습한 굴에 갇힌 기분이 들었지만 일부러 힘주어 말했다.

"힘내자. 분명 돌파구가 있을 거야. 찾는데 왜 길이 없겠어?"

그러자 다연이는 저번처럼 또 나를 부추기는 말을 했다.

"그래, 도와줘. 넌 똑똑하니까…….."

제발, 그 말만은 하지 말아 달라고 부탁하고 싶을 만큼 부담스러워졌다.

정말이지 난 똑똑하지 않다. 아니, 똑똑하고 싶지도 않고 똑똑할 수도 없다. 왜냐하면 난 이미 이수라는 늪에 빠진 멍청이가 되었으니까. 행여 또 주제넘게 내가 나서게 될까 봐, 반복 학습으로 이 말을 내 자신에게 단단히 세뇌시켰다.

'난 똑똑할 수가 없다.'

그날 새벽 이수에게 톡이 왔다. 처음이었다. 톡은 문자와 달리 훨씬 사적인 관계끼리 하는 거라 톡으로 보냈다는 건 상징적으로 내밀한 관계를 시작하겠다는 것과 같았다.

—승아, 승아, 승아야~

깡충깡충 뛰는 귀여운 토끼 이모티콘과 함께 내 이름을 수없이 불러 댔기에 내 심장도 더불어 뛰었다. 이수는 작정이라도 한 듯이 내게 자기 마음을 꺼내 보였고 우리는 본격적으로 수다를 떨었다.

서로에게 느끼는 호감을 밑천 삼아 남들이 보면 유치하기 짝이 없는 말의 행진이 끝도 없이 이어졌다. 써서 남길 줄거리 같은 건 하나도 없는 오로지 감정의 끝말잇기 같은 말로만 두 시간 넘게 떠들었다. 이런저런 이모티콘과 'ㅋㅋㅋㅋ'와 기기묘묘한 의성어, 의태어를 남발하는 시간이었지만 즐거웠다. 그냥 우리가 연결되어 있다는 사실만으로도 족했다고나 할까?

내일을 기약하면서 그만 자자고 할 즈음 다연이가 떠올랐다. 민혁이에게 들은 이야기도 손톱 밑 가시처럼 나를 계속 찌르고 있어서 이수에게 물어봤어야 하는데 아무것도 물어보지 못했다. 아니, 하지 않았다. 달달한 분위기를 깨뜨리는 일은 하고 싶지 않아서 그랬다. 두려웠다. 이수가 그 동영상을 봤다고 말할까 봐, 아니 그 동영상을 제작하는 데 일조했다고 할까 봐 무서웠다. 그뿐만 아니라 이수가 자신은 모르는 일이라고 답하는 것도 싫었다. 그게 거짓말이라는 게 나중에 밝혀질까 봐.

말이 안 되는 감정이지만 그 순간 그냥 다연이가 싫어졌다. 왜 하필 이 시점에 나한테 다가와 이토록 복잡한 마음이 들게 하는 건지 원망스럽기만 했다. 이수가 학연초 출신이긴 하지만 그 일에 연루되었을 리는 없다고 확신했다. 아무 근거도 없지만 난 그렇게 믿고 싶었다. 자식이 눈앞에서 도둑질을 해도 우선은 가려주고 싶은 부모의 심정이랄까? 그러므로 난 똑똑할 수가 없다고 외칠밖에.

이수와 톡을 끝내고 누워 겉과 속이 다른 나를 느끼면서도 똑똑하지 않은 자의 자유로움을 누렸다. 어리석은 자의 해이함, 그걸 탐했다. 굳이 다르게 표현하자면 '난 몰랑' 하며 개기는 거다.

다음 날부터 이수와의 교집합에 만족하면서 학교에 다녔다. 공공연한 커플이 된 것도 즐겼고 우리에게 보내는 뭇 아이들의 질투 섞인 시선도 맘껏 받았으며 이수의 이런저런 살가운 배려도 우아한 여왕처럼 누렸다. 이수는 생각보다 터프한 구석이 많았는데 그랬기에 이수의 낯 뜨거운 애정 표현은 상대적으로 더 돋보였다. 덕분에 반 아이들에게 간헐적 야유를 들어야 했지만 그것조차 좋았다. 그래도 성격 좋은 이수가 반장 역할을 잘 해내는 덕에 우리의 연애를 아니꼬워하는 아이들보다는 지지하는 아이들이 더 많았다.

실내화 바닥에 스프링이라도 달린 듯 퐁퐁 튀는 며칠을 보냈다. 내 생애 최고의 나날이라고 감히 말할 수 있을 정도로 황홀했다. 그 시간이 영원하길 바랐지만 야속하게도 균열은 빠르게 찾아왔다. 이수와 사흘째 되던 날 급식실 옆 식단 게시판에 낯선 대자보가 붙으면서 상황은 급격히 달라졌다. 물론 대자보의 내용은 '우리'와는 완전 무관한 것이었다. 하지만 그 내용을 대하는 자세에 있어서 이수와 나는 다른 배를 타게 됐다.

점심 급식을 먹고 나가려는데 다연이가 후다닥 뛰어와 내 손을 잡더니 나를 게시판 앞으로 데려갔다. 끌려가면서도 약간 불안했다. 나와 이수가 커플이 된 사실이 공표된 다음 날, 이수에게 좀 알아봤냐는 다연이의 질문에 천연덕스럽게 이수는 아무것도 모르더라고 거짓말을 했기 때문이다. 만약 누군가가 왜 그랬냐고 묻는다면 나도 따져 물을 것이다. 너 같으면 그러고 싶겠냐고. 이제 막 사랑이 퐁퐁 솟아오르는 상대를 들쑤시고 싶지 않았다. 이수는 내게 오로지 사랑일 뿐이니까.

대자보는 3학년 선배들의 페미니즘 모임에서 올린 글로 제목은 '오해하지 맙시다'였다. 페미니즘에 대해 바른 인식을 갖자는 취지로 쓴 가벼운 글이었는데 얼마 전에 학내 토론대회에서 페미니즘에 관한 주제를 들고 나온 학생을 일방적으로 매도하는 사건이 있었음을 알리면서 '무지를 먹고 자란 여혐과 같은 잘못된 인식을 바로잡자'는 극히 미온적이고도 건설적인 글이었다. 요즘 들어 청소년의 인권도 존중받아야 한다거나 스쿨 미투는 우리 모두의 일이라는 둥, 계몽적 성향이 짙은 게릴라성 대자보가 학교 구석구석에 자주 붙는 추세라 크게 놀랄 만한 일도 아니었다.

하지만 문제는 그 밑에 붙은 댓글이었다. 포스트잇에 써 붙인 댓글은 가히 눈 뜨고 보기 어려울 정도의 육두문자로 가득했다. 그 반응만으로 얼마나 잘못된 인식이 뿌리 깊게 박혔나를 잘 알 수 있었다. 레이스 치마를 연상하게 할 만큼 겹겹이 붙은 포스트잇에는 페미니즘에 대한 욕이거나 이를 반박한답시고 마찬가지로 욕하는 내용으로 가득 차 있었고, 더러는 대자보의 내용과 무관한 성 대결로까지 번져 그야말로 저급한 어휘들의 패싸움장처럼 보였다. '오해하지 맙시다'라는 제목 때문인지 아이들이 재미 삼아 붙인 댓글들도 많았는데 '○○가 잘생겼다고 오해하지 맙시다' 'ㅇㅇ가 ㅇㅇ를 좋아한다고 오해하지 맙시다'와 같은 우스갯소리도 줄지어 붙었다.

댓글들을 훑는데 다연이가 내 팔을 눌렀다. 다연이는 눈빛으로 포스트잇이 붙은 어느 지점을 가리켰는데 그곳에는 다연이의 이야기인 듯한 글이 있었다. 절반은 가려져 전체 내용은 모르겠지만 앞부분에 '얼굴만 보고 오해하지 맙시다. 노래방에서 꼬리 치는……'이라고 적혀 있었고 밑에는 동영상 주소 같은 것도 있었다. 다연이는 얼굴이 이미 백짓장처럼 하얗게 변해 있어 자칫하면 쓰러질 기세였다. 그래도 눈빛만은 내가 그 종이를 떼어 내 주길 바라는 간절함으로 빛났다. 하지만 우리 등 뒤로 아이들이 겹겹이 서 있어서 그것만 떼어 냈다가는 말이 나올 것 같아 나는 포스트잇 일부를 뭉텅이로 잡아뗐다.

"야, 숏컷! 네가 뭔데!"

"숏컷, 너 페미 첩자냐?"

등 뒤에서 여러 목소리가 들렸지만 돌아보지 않고 교실로 서둘러 직진했다.

그런데 야자가 시작되기 직전에 이수가 나를 불러냈다. 체육관 앞에서 만난 이수는 날 보자마자 다짜고짜 소리쳤다.

"넌 끼지 마!"

"무슨 소리야?"

"발다연이랑 놀지 말라고!"

발다연이 손다연을 말하는 거냐고 굳이 되묻지 않아도 알 것 같았다. 남자애들이 흔히들 하는 유치찬란한 네이밍이니까. 초딩 때나 할 법한 말을 아직까지 하고 있다니 웃겼다.

"발다연이 뭐야? 손다연이지. 어차피 다연이랑 친한 건 아니지만 왜 놀지 말라고까지 하는 거야?"

"넌 내 여친이니까."

내 여친이라는 말을 하면서 이수는 내 손을 잡았다. 여친이라고 발음할 때 오른쪽 볼에 보조개가 파이는 건 처음 알았다. 그 탓에 약간 혼미해졌다. 물론 혼미한 가운데 기분이 살짝 나쁘기도 했다. 하지만 나를 아끼는 마음에서 이수가 다소 분에 넘치는 행동을 하고 있다고 여겨져 애써 부드러운 말투로 말했다.

"야! 그러지 마. 다연이는 곤경에 빠진 거야."

"자업자득이야. 누가 그러고 놀래?"

"그러고 놀다니?"

"실컷 꼬리 치고 딴소리하는 거라고."

"남자애들이 동영상 편집한 거라던데?"

"걔들이 무에서 유를 창조하겠냐? 너도 막상 보면 그딴 소리 싹 들어갈걸?"

순간 의구심이 처음으로 고개를 들었다. 하긴 그 동영상을 본 적도 없으니…….

"정말?"

그때 야자가 시작되는 종이 울려 우리는 교실 쪽으로 달려갔다. 그런데 교실 문을 열기 직전에 갑자기 이수가 명령하듯 말했다.

"너 이제부터 머리 길러."

"응?"

"탈코르셋인지 뭔지 그딴 거 땜에 머리 쳐 냈단 오해 받기 싫으니까. 너 그래서 머리 자른 거 아니잖아? 재수 없이 페미랍시고 남자도 아니면서 남자인 척하느라 머리 자르고 나대는 거 진짜 꼴사납거든."

"엥? 페미가 남자인 척한다고? 왜?"

아니, 뭣 때문에 남자인 척을……. 이수의 말에 기가 차서 왜 그렇게 생각하느냐고 물었건만 이수는 내가 몰라서 묻는다고 생각해서인지 설명이랍시고 더 기막힌 이야기를 늘어놓았다.

"아, 그건 못생긴 애들이 어차피 외모로 승부를 못 보니까 똑똑한 척하느라, 남자인 척하느라 그런 거지."

더 압권은 다소 황당해하는 내 등을 밀면서 "자자, 예쁜 애는 들어가자"라고 하는 것이었다. 복도 반대편에서 담임 쌤이 걸어오는 게 보여 할 수 없이 얼른 자리로 들어와 앉았지만 대차게 한 대 맞은 기분이 들었다. 도대체 이게 뭐지?

일단 이수의 골 깊은 적개심과 거친 표현에는 문제가 있었다. 물론 남자들이 불리할 때면 여자들을 못생겼다며 몰아붙이는 습관이 있다는 걸 모르는 바는 아니다. 자기 여친은 예쁜 애라고 주

관적 판단을 하는 것처럼 말이다. 그리고 페미니즘에 대해 무조건적인 불신이나 오해 역시 무지에서 오는 거라 얼마든지 교정이 가능하다고 믿는다. 사람은 알기 전과 알고 난 후가 다르니까. 이수를 아직 배우지 못한 사람의 범주에 넣으면 된다. 그래서 '오해하지 맙시다'라는 대자보가 붙은 거니까.

하지만 이수의 말을 곱씹어 보면 남성 우위로 가득 차서 상대를 존중하지 않았고 여자애들의 행동을 비하하며 나대는 걸로 몰아붙이고 있었다. 어쩌면 그런 생각이 모여 큰 죄의식 없이 이번 동영상 같은 것을 만들고 돌려 보게 되는 거라는 결론에 이르렀다. 야자 시간 내내 마음이 편치 않았다. 뱉어 내야 할 모래가 한 움큼 내 입 속으로 들어와 있는 것 같았다.

민혁이에게 톡을 해서 동영상을 보내 달라고 했다. 그러고는 쉬는 시간에 화장실에 가서 봤다. 동영상은 다연이가 말한 그대로였다.

막상 보면 별건 없어. 하지만 어두운 조명 속에서 내 웃음소리를 배경 삼아서 내가 춤추는 실루엣을 넣은 동영상은 많은 걸 상상하게 하잖아.

요즘 여자 아이돌이 추는 그런 춤을 다연이는 열심히 따라 하고 있었다. 다연이는 평상시에는 내성적이고 소극적이지만 워낙 춤추는 걸 좋아하고 잘하기 때문에 열심히 췄다고 했다. 그렇다고 다연이가 누군가를 향해 눈빛을 날린다거나 교태를 부린다거나 하는 건 없었다. 그냥 단지 혼자 음악에 취해 열심히 몸을 흔들고 있을 뿐이었다. 자업자득이라든가 당해도 싸다는 말을 들을 이유가 없었다.

그런데 동영상은 그 화면을 편집해서 좀 더 야하게 보이도록 만들었다. 아무리 봐도 이건 악의적인 편집이 맞았다. 재미 삼아 같이 간 노래방에서 춤추는 친구의 모습을 꼬리 치는 여자아이로 둔갑시키고, 그걸 아무렇지도 않게 돌려 보면서 비난을 해 대는 아이들이 무섭게 여겨졌다. 거기에 자기들이 하는 일이 무슨 일인지 알지도 못하고 알려고조차 하지 않는 무신경까지 보태어 일을 크게 만들고 있었다. 그 동영상의 제목이 모든 걸 말했다.

'깜놀, 얌전한 고양이'

다연이가 기가 센 아이였다면 아마 그런 짓을 못 했을지도 모른다. 약한 아이를 괴롭히면서 자업자득이라는 허울을 씌우다니……. 생각할수록 화가 났다.

혼자서 속으로 붉으락푸르락하다 보니 어느새 야자를 마치는 종이 울렸다. 아이들이 가방을 들고 주섬주섬 일어나 갈 채비를 하던 중에 재철이가 미선이의 필통을 뺏어서 남자애들 몇몇한테 패스를 하며 교실 안을 뛰어다니기 시작했다. 미선이는 필통을 달라며 이 애 저 애 따라다니더니만 갑자기 멈춰 섰다. 그러고는 재철이 자리로 가더니 재철이 가방을 들어서 창문 밖으로 던져 버렸다. 그러자 재철이는 얼른 필통을 바닥에 내려놓고는 허겁지

겁 밖으로 나갔다. 난 속으로 '나이스 샷!'을 외쳤다. 잡히지 않을 때는 끌어들이는 것밖에 방법이 없다는 걸 그 순간 깨달았다. 야자가 끝나고 다연이를 불러냈다.

"가만히 있으면 네 말대로 계속 퍼질지도 몰라."

"그러게."

"가만있으면 가마니인 줄 안다니까. 네가 가마니가 아니란 걸 보여 줘야지."

"어떻게?"

"사람이니까 어떻게든 움직여서 방어를 해야지. 공격이 최선의 방어란 말 못 들었어? 솔직히 준경이나 현호 둘 중 하나가 찍은 게 분명하잖아? 아니라고 한다는 것 자체가 말이 안 되는 거야. 근데 그날 걔들하고 뭐 안 좋은 일 있었어?"

"집에 가는 길에 준경이가 사귀자기에 거절했더니 뭔가 분위기가 안 좋게 가더라."

"아, 그래서 당싸라는 말이 나온 거구나. 치사한 놈들."

그 즉시 준경이에게 전화해서 현호와 같이 나오라고 했다. 왜 그러냐며 버티기에 "나오기 싫으면 제작자 윤재호까지 불러서 경찰서에서 만나든지"라고 하니까, 5분도 안 되어서 나타났다.

"이거 너희 작품이지?"

"누가 그래?"

"너희가 아니라면 심령학회에 의뢰해야겠지. 근데 너네들 중에

한 명이 불었다네. 암튼 이 영상 편집자랑 묶어서 배포자들까지 그리고 2차 유포자까지 다 불러 모아서 이번 주말까지 싹 다 삭제해. 안 그러면 학연초 나온 애들 평판이 완전 바닥으로 떨어질 거야."

"뭔 소리야? 거기서 학연초가 왜 나와?"

"학연초의 자랑이라며 교문 앞 플래카드에 이름까지 걸렸던 너네들이 떼로 동영상 제작 및 유포자로 알려지면 좋겠네. 자랑이 하나 더 늘겠어."

준경과 현호는 서로 머뭇거리며 눈빛만 주고받았다. 여전히 거들먹거리는 포즈로 서 있었지만 눈빛은 한풀 꺾인 게 보였다.

"됐냐? 우리 간다. 주말에 열심히 청소하고 월요일에 여기서 다시 만나."

돌아서 가려는데 듣고 있던 현호가 분했는지 내게 소리쳤다.

"야! 숏컷, 네가 뭔 상관? 너 페미냐?"

"글쎄, 난 모르겠네. 페미가 무슨 신분이야? 너네들한텐 엑스맨 같은 건가? 근데 만약에 페미가 잘못된 일을 감지하는 사람이라면 난 페미가 맞을 거야. 남자 여자 대결하는 게 페미가 아니라 한쪽으로만 치우치지 않게 균형을 맞추자는 게 페미니즘이라잖아. 그리고 자꾸 숏컷이라고 머리 스타일로 시비 거는데, 이건 페미랑 아무 상관 없는 그냥 취향의 문제야. 다연이가 춤춘 것도 너네들이 공 차는 것과 하나도 다를 게 없는 기호의 문제라고. 알아?"

한바탕 쏟아붓고 집으로 가는 길이 이상하게 홀가분했다. 다연이에게 진 빚을 갚았다거나 밀린 숙제를 해내서 그런 줄 알았는데, 다시 생각해 보니 그냥 옳은 행동을 한 데서 오는 만족감인 것 같았다. 나쁜 일인 거 다 알면서도 남친이 우선이라며 난 똑똑할 수 없다고 되뇌며 문제를 피하던 때보다야 지금이 훨씬 당당하니까. 앞서 걸어가는 내 뒤로 터덜거리며 따라오던 다연이가 내게 말했다.

"정말 걔들이 다 지울까?"

"글쎄, 그건 모르지. 모험해 보는 거야."

"만약에 안 하고 버티면? 그담엔 어쩌자는 거지? 진짜 그 사실 터트릴 거야?"

"그때 다시 생각해 봐야지. 근데 바보들이 아니니까 잘 처신하겠지."

"너 남친한테 조금 곤란하겠다. 걔들 친구인데……. 나 때문에 미안해."

하긴 이번 일이 없었더라면, 하는 가정을 해 보지 않은 건 아니지만 막연하게 이 문제가 다연이의 문제만은 아니라는 생각이 들었다. 그래도 괴로운 마음은 가시지 않아 다연이의 미안하다는 사과를 접수할까 하다가 그냥 아무 말도 하지 않았다. 다연이가 더 본격적으로 풀 죽은 목소리로 말했다.

"너네 깨지는 거 아냐?"

*

주말 내내 이수가 만나자며 연락해 왔다.

—대체 피하는 이유가 뭐야? 내 입장은 생각 안 하고 친구들한테 그러 면 어떡해?

이수는 이런저런 문자를 보내왔지만 난 그냥 상황이 종료되고 월요일에 보자고만 말했다. 그래서 엄마한테 말하지 않고 일요일 에 학원도 가지 않았다. 학원에서 이수를 보면 일이 엉킬 것 같아 서다. 다행히 성당 바자회가 있던 날이라 엄마가 종일 집을 비운 덕에 학원을 빼먹는 게 가능했다. 모처럼 한가하게 시간을 보내 며 누워서 버둥댔지만 마음은 여전히 편치 않았다. 폭풍전야 같 은 시간이었다.

이수가 내게 보낸 문자는 표현은 이렇게 저렇게 달랐지만 궁극 적으로 말하고자 하는 핵심 내용은 하나였다.

넌 끼지 마!

아마 내가 옆에 있었다면 "넌 내 여친이니까"라든가 "넌 예쁘 니까" 같은 소리로 설득했을라나? 그걸 상상하니 몸서리가 쳐졌 다. 어쩌면 이수에게 그런 소리를 듣고 싶지 않아서 주말 내내 피 했을지도 모른다. 그런 소리를 듣고 더 이상 가만있을 수 없으니까. 결국 난 이수와 싸워야 할 거고 그렇다면 관계는 자연스럽게 깨졌을 것이다. 난 그런 일을 피하고 싶었다. 아니, 시간을 벌고 싶었던 건지도 모르겠다. 학연초 애들이 동영상을 지우고 난 뒤라면 굳이 이수와 그 문제를 두고 싸울 일이 없을 테니까. 그러니까 난 지금 다연이의 문제만 해결하는 게 아니라 이수와의 문제도 더불어 해결하고 싶어서인지도 모르겠다. 일거양득?

하지만 만에 하나 학연초 애들이 아무런 반성 없이 마지못해 동영상을 지우는 거라면 다연이의 문제는 일단 해결되겠지만 이수와의 문제는 고스란히 남는다. 자업자득이라며 여자애들이 나대는 꼴이 어쩌니 저쩌니 하던 이수의 잘못된 생각은 동영상처럼 지운다고 지워지는 게 아닐 테니까. 그 생각을 하니 답답해졌다. 내가 답장을 보내지 않자 이수는 마지막 문자라며 보내왔다. 다연이의 걱정대로였다.

— 나랑 깨질래, 말래?

둘 중 하나를 선택하라고 했다. 아마 자존심이 상했을 테니 이런 식의 문자라도 보내야 직성이 풀렸을 거다.

지금 내 앞에 놓인 선택지는 이수와 만날 것인가, 헤어질 것인가가 아니다. 오히려 전쟁을 할 것인가, 말 것인가이다. 조용히 이수와 깨지고 말 것인가 아니면 전쟁을 해서 이수와 더불어 행복하게 잘 지낼 것인가의 갈림길에 놓여 있다. 전쟁을 하고 난 뒤에 행복해진다는 말이 이상하게 들리겠지만 어떤 문제는 전쟁을 거치고 나서야 비로소 모두에게 좋은 평화를 얻게 되기도 한다. 전쟁은 총성이 울리는 전쟁터에만 있는 게 아니니까.

다연이가 겪고 있는 곤경이 다연이만의 불행은 아니라는 걸 깨달았다. 처음에는 다연이 문제라고만 생각했고 그래서 정말 모른 척하고 싶었다. 하지만 이수가 내게 끼어들지 말라며 이런저런 말을 했을 때, 다연이가 빠진 곤경의 늪 끝자락에 나 역시 발을 담그고 있다는 사실을 깨달았다. 난 이기적인 아이니까 솔직히 다연이에게만 국한된 일이었으면 나서지 않았을지도 모른다. 하지만 이 일은 내 일이기도 하니까. 아니, 우리 모두의 일이니까.

어찌 보면 아주 간단하다. 가스가 새서 폭발하면 우리 모두 다 죽는다. 남자, 여자 가릴 것 없이 깡그리 전부. 그런데 가스가 샜다는 걸 감지한 내가 "위험해요!" 하고 소리치지 않을 수 있느냐는 말이다. 그러니 난 다 같이 잘 살자고 이야기하기 위해 이수와 싸울 것이다. 싸우는 건 정말 힘든 일이라 하기 싫지만 어려운 시간을 겪고 나면 나아질 것이다. 우리 반 아이들, 이수와 준경, 재호, 세찬, 현호, 민혁……. 앞으로 재들하고 같은 지구, 같은 나라 안에서 몇십 년은 같이 살아야 하는데 문제가 없는 척 덮어 둘 수는 없다.

전사는 싸우기 전에 투구를 닦는다던데 난 전의를 다지는 의미에서 미용실에 한 번 더 갈 예정이다. 숏컷은 어중간하게 길면 지저분한 게 흠이다. 한 번만 더 잘라야겠다. 쌈박한 숏컷으로.

편견을 깨고 숏컷을 고수할 힘을 얻는 소녀의 에피소드를 그렸습니다. 이 소설은 숏컷을 한 어느 중학생 소녀가 한 포털 고민상담란에 "저 학교에서 페미라고 오해받으면 어쩌죠?"라는 글을 올렸다는 기사를 보고 착안해 쓰기 시작했습니다. 페미니즘은 '사랑받지 못한 히스테릭한 존재들의 과한 반응'이라는 잘못된 생각이 공공연하게 퍼져 소녀를 막연한 두려움으로 움츠리게 했다는 생각이 듭니다. 이뿐만 아니라 부정적인 시각으로 페미니즘을 잘못 이해하여 급기야 남녀 간의 성 대결로 흐르기도 하는 현실이 너무 안타깝습니다.

어느 한쪽에 힘을 싣겠다는 게 아니라 오답 체크를 해서 같은 실수를 반복하지 말자는 뜻에서, 그리고 균형을 이룬 조화로운 세상을 만들자는 의도로 이 소설을 썼습니다. 앞으로 올 세상에 선의의 돌을 하나 더 쌓는 마음으로요.

"페미니즘은 균형을 맞추는 추"라고 누군가 이야기했는데 정말 적확한 표현입니다. 모두가 조화롭고 평화롭게 잘 살기 위해서는 균형이 필요한 것이고 그러기 위해서는 페미니즘의 견해에 귀를 기울여야 합니다. 우리가 살면서 반복해 온 잘못된 패턴을 의식하고 고치려는 의지를 담아 행동으로 실천하는 건 마땅히 해야 할 일에 속합니다. 타인의 고통은 결코 남의 일로 끝나지 않습니다. 그 일은 안 좋은 구조를 만드는 하나의 조각이 되어 결국 우리에게 돌아옵니다. 그러니 우리 모두의 일인 거지요.

이꽃님

이제 소녀 같은 건
때려치우기로 했다

이꽃님

울산에서 태어나 대학에서 문예창작을 전공했다. 인생에 한 번쯤 까짓것, 용기를 내 볼 필요도 있다는 걸 깨달았을 때 작가가 됐다. 2014년 서울신문 신춘문예에 동화 『메두사의 후예』로 등단했으며, 『세계를 건너 너에게 갈게』로 제8회 문학동네 청소년문학상을 수상했다. 지은 책으로는 『이름을 훔친 소년』 『악당이 사는 집』 등이 있다.

모든 것은 잘못 보내진 메시지 하나로부터 시작됐다.

친구들이 있는 단톡방에 올렸어야 할 성율의 메시지는 찰나의 실수로 같은 반 아이들이 모두 초대되어 있는 반 단톡방에 올려졌다.

—나 김아린이랑 잤음ㅋㅋ

이 짧은 메시지는 순식간에 퍼져 갔다. 단톡방 알림을 무음으로 해 두고 확인조차 하지 않던 아이들조차 이 짧은 메시지를 무시할 수 없었다.

—뭐임?

— 대박

— 헐 김성율 도랏

— 미친ㅋㅋ

— 올ㅋㅋ 김성율 남자다

성율이 자신의 실수를 깨닫고 다시 반 단톡방에 들어갔을 때는 이미 384개나 되는 메시지가 와 있었다. 대답 없는 성율을 대신해 장난기 많은 친구들이 온갖 가설을 만들어 퍼트렸고 그 중심에는 성율과 사귄 지 2주 된 아린이 있었다.

성율의 입에서 짧은 욕이 터져 나왔을 때 아린은 이렇다 저렇다 말도 없이 단톡방을 나갔다.

— 왜 나갔을까? 진짜인가 봐

아이들은 마치 살점을 뜯어먹는 피라냐처럼 몰려들기 시작했다. 수많은 물음표가 아린의 정수리를 찍어 내고 살점을 너덜너덜하게 만들었다.

그러는 동안 성율에게는 친구들의 전화가 끊임없이 이어졌다. 그게 진짜냐고 묻는 아이도 있었고, 드디어 해냈냐며 축하한다는 친구도 있었으며, 어떤 아이는 이제 김아린은 완전히 '네 것'이 됐다고 말하기도 했다. 성율은 친구들 사이에서 승자가 되어 있었다. 성율은 스마트폰을 침대 어딘가로 내던진 뒤 머리를 쥐어뜯고 욕을 내뱉었다. 다시 모든 걸 바로잡을 수 있는 기회들이 지나가고 있었지만 성율은 그 사실을 미처 알지 못했다.

*

"헐, 대박 사건! 언니, 언니."

솔지는 스마트폰을 치켜들고 마치 산삼이라도 발견했다는 듯 소리쳤다.

"미친, 우리 반에 김성율이 여친이랑 잤다고 단톡방에 자랑했어. 근데 그 여친도 우리 반! 대박 소름."

솔지와 달리 영지는 그러든지 말든지 심드렁한 얼굴이었다. 예전 같았으면 솔지보다 더 호들갑을 떨며 이야기했을 영지였다. 대학생이 되고 나서부터 커다란 산이라도 넘었다는 듯 시크하게 굴기 시작했는데, 아무래도 영지의 사춘기가 이제야 시작된 것 같았다. 뒤늦은 사춘기는 여름방학이 시작되고 나서부터 점점 심해지더니 이윽고 영지는 엄마 아빠에게 휴학하겠다고 통보했다.

"아니, 알바를 하겠다는 것도 아니고 여행을 가겠다는 것도 아니고 허구한 날 앉아서 텔레비전이나 보고 자빠져 놀려고 휴학하겠다는 거야, 지금?"

영지의 휴학 계획은 예상보다 당황스러웠다.

"나한테는 휴식이 필요해."

"휴식 같은 소리 하고 자빠졌네. 어디 배부른 소리 하고 앉았어. 요새 누가 대학생이라고 탱자탱자 놀아?"

"내가."

영지는 엄마가 깎아 주는 사과를 한 입 베어 물면서 얄밉게 말했다. 엄마는 "으이구" 하고 한숨을 내쉬면서도 영지가 먹을 사과를 더 깎아 냈다. 아빠는 영지를 가만히 보더니 한숨을 푹 내쉬며 물었다.

"방학 내내 논 걸로 부족해?"

"응, 부족해."

엄마 아빠가 아무리 말해도 영지는 끄떡없었다. 그날 이후 영지는 마치 그렇게 하지 않으면 배터리가 방전되어 꺼져 버리기라도 하는 것처럼 한여름에도 수면 잠옷을 입고 하루 종일 아무것도 하지 않았다. 휴학하겠다는 말은, 그것도 아무것도 하지 않고 놀기만 하겠다는 말은 아무래도 진심인 모양이었다.

"진짜 김아린 이제 어떡해? 나 같으면 학교 못 나가."

솔지는 잔뜩 흥분한 채 열을 올렸다. 이미 여자아이들만 있는 단톡방이 만들어졌다. 아린은 제외였다. 영지는 그런 솔지를 슬쩍 바라보더니 코웃음을 터트렸다.

"왜 웃어?"

"너네 하는 짓이 웃기니까."

영지는 분명 아린이나 성율이 아니라 너네라고 말했다.

"다들 어쩜 그렇게 남의 연애사에 관심이 많으신지."

열일곱에게 성관계는 훨씬 자극적이고, 때로는 그런 일이 알려지는 것이 죽는 것보다 끔찍할 수도 있다는 것을 영지도 알고 있었다. 하지만 어째서 그래야만 하는 것인지는 알 수 없었다.

"그냥 사귀는 게 아니라니까. 둘이 잤다잖아."

"자면 뭐, 죽냐?"

솔지는 언니의 반응이 충격적이라는 듯 입을 다물지 못했다.

"헐. 언니 미쳤어? 고등학생이야. 고1, 열일곱! 열일곱이 막 자고 다니고 그러면 안 되지."

솔지는 마치 언니가 사람을 죽이면 왜 안 되냐고 묻기라도 한 듯 말도 안 된다는 얼굴이었다. 한때 영지도 그렇게 생각한 적이 있었다.

열일곱 소녀는 성에 눈을 뜨면 안 된다. 소녀는 순결해야 하며 그렇기에 아름답다. 교복을 입은 소녀가 성에 눈을 뜨는 건 음란하고 문란한 일이면서 동시에 문제가 있는 것이다. 영지도 그렇게 배우며 자랐다. 사춘기의 소년이 눈을 뻘겋게 뜨고 야한 동영상을 찾아보는 건 지극히 정상적인 일이지만 사춘기 소녀가 야한 동영상을 보는 건 어쩐지 죄를 짓는 것 같았다. 그것이 옳은 일인지는 중요하지 않았다.

옳고 그름을 판단하는 기준이 무엇인지 영지는 알지 못했다.

스무 살이 된 지 겨우 아홉 달 지났을 뿐이었다. 법적으로 성인이 됐지만 그렇다고 갑자기 정말 어른이 된 건 아니었다.

"지금 다른 애들도 다 난리 났어. 김아린 혼자 착한 척 다 하더니 뒤에서 더럽게 군다고. 완전 걸레라고 소문 쫙 퍼졌어."

솔지의 말에 영지는 잠시 동안 말이 없었다. 갑자기 혼자 다른 세상으로 가 버린 것처럼 멍한 얼굴이었다. 솔지의 말은 더 이상 영지의 귀에 들어오지 않았다. 영지는 꾹꾹 눌러 담은 옷장 서랍처럼 참고, 참고 또 참다가 더는 견디지 못하고 말을 내뱉었다.

"남자랑 자면 다 걸레냐? 니네가 뭔데 이래라저래라 조리돌림질이야. 둘이 좋아서 같이 쪽쪽댔는데 왜 걔만 걸렌데? 좋아서 잤다는데 니들이 뭔데 걸레니 뭐니 하는 거야."

솔지는 영지의 말이 발가벗고 춤이라도 추겠다는 것처럼 들렸다.

"그게 아니라…… 아직 학생이니까."

"몇 살이면 잘 수 있는데? 몇 살이면 사람들한테 조리돌림 안 당하는데? 결혼하고 나서? 그럼 니들이 말하는 걸레가 아닐 수 있는 거야? 그때야 깨끗한 거냐고."

영지는 아무리 생각해도 이해가 되지 않았다. 남자가 스킨십을 좋아하는 건 당연한데 여자는 왜 그러면 안 되는 거지? 세상에는 남자와 여자가 반반씩 있는데 남자는 그래도 되고 왜 여자는 그러면 안 되는 거지? 어째서 여자는 순결해야만 하는 거지?

"그거야…… 아, 몰라. 어쨌든 우린 어리니까. 임신이라도 하면 누가 책임져?"

영지의 말에 솔지는 늘 어른들에게 들어 왔던 대로 대답했다. 그게 정답이라고 늘 배웠듯이.

"지랄. 책임질 수 있는 나이가 몇 살인데? 대학 졸업하고 취업하고 책임질 수 있을 만큼 돈 모으고 나면 되는 거야? 얼마를 모으면 책임이라는 걸 질 수 있는데? 진짜 다들 이중적이야. 그럼 남자나 여자나 둘 다 순결해야지. 애는 뭐 여자 혼자 만드냐. 왜 여자한테만 걸레니 뭐니 손가락질이냐고. 너 아까부터 그 여자애만 더럽다고 욕한 거 알아?"

"내, 내가 언제……."

영지가 발끈하는 바람에 솔지는 당황했다. 영지가 갑자기 이렇게 화를 내는 이유도 알지 못했다. 여름방학 이후 두 달이 넘도록 나무늘보처럼 축 처져서 아무것도 하지 않더니, 갑자기 먹잇감을 발견하기라도 한 것처럼 송곳니를 드러내는 이유를 알 수 없었다.

*

"너네 언니 완전 걸크러쉬다."

민서는 웃음을 터트렸지만 솔지는 변해 버린 언니가 짜증 나기만 했다.

"아, 몰라. 갑자기 왜 그러는지 모르겠어. 대학생 되고서 완전 또라이 다 됐어. 언니한테 사춘기 늦게 왔다고 엄마 아빠 다 눈치 보고 장난 아니라니까."

통명스럽게 말하고 얼굴을 찌푸리던 솔지가 갑자기 생각났다는 듯 눈을 동그랗게 뜨고 물었다.

"맞다, 너 변태 봤다며. 어디서 봤어?"

"아씨, 영어 학원 뒷골목에서. 그 새끼가 건물 입구에서 그러고 있잖아."

민서가 얼굴을 찡그리며 토하는 시늉을 하자 솔지는 깔깔 웃음을 터트렸다.

"진짜? 어땠어. 난 한 번도 못 봤는데."

"야, 보지 마. 눈 버려. 졸라 더러워."

민서는 몸에 바퀴벌레가 기어 다니기라도 하는 것처럼 치를 떨었다. 솔지는 멀쩡한 사람이 어떻게 여러 사람들이 다니는 곳에서 성기를 내놓을 수 있는지 이해할 수 없었다.

"엄마한테 말했어? 뭐래?"

"그냥 조심하라고 그러지, 뭐."

어유, 그래도 별일 없어서 다행이다, 천만다행이야. 그쪽으로 다니지 마. 조심해야 돼.

정말 별일 없었던 것인지 알 수 없지만 엄마가 그렇게 말했으므로 민서는 그냥 그런 줄 알았다. 어떻게 하는 것이 조심하는 것인지는 알지 못했다.

"신고는 했어?"

솔지의 물음에 민서는 약간 난감하다는 듯 얼굴을 찌푸렸다. 다시 떠올리기엔 분명 그리 좋은 추억이 아니었지만 궁금해 죽겠다는 솔지를 무시할 수 없었다.

"하긴 했는데, 변태가 뭘 하고 있었냐고 꼬치꼬치 캐묻잖아. 그걸 밖으로 드러냈느냐, 바지를 벗었느냐, 진짜 성기가 맞느냐, 이러면서. 그럼 내가 진짜 보고 신고하지 고구마 흔드는 거 보고 신고했겠냐고. 그것도 남자 경찰이! 또 생각하니까 졸라 짜증 나네."

민서는 이제 정말 더 이상 말하고 싶지 않았다. 야동에서 남자 성기를 본 적은 있지만 그렇게 가까이서 본 적은 처음이었다. 그 일을 다시 남자 경찰에게 다 말한다는 것은 생각보다 기분 나쁜 경험이었다. 그렇다고 민서가 달리 할 수 있는 일은 없었다.

"잡았대?"

"몰라. 그냥 앞으로 순찰 더 자주 돌겠다고 그러던데."

"겨우? 도둑은 CCTV 돌려서 잡던데. 학원 근처에 CCTV 없어?"

경찰이 성기를 내놓고 다니는 변태를 잡을 수 없는 것인지 아니면 잡을 생각이 없는 것인지 두 소녀는 알 수 없었다. 확실한 건 경찰에게는 쉴 틈도 없이 더 많은 일이, 훨씬 더 위험하고 복잡한 사건이 많다는 사실이었다. 변태 짓이 사람들에게 도둑질이나 삥 소녀처럼 위험한 것인지는 알 수 없었다. 변태를 만나는 일은 여자로 살다 보면 누구나 한 번쯤 겪을 수 있는 에피소드로 생각하고 있을지도 몰랐다. 이미 너무 많은 여자가 그렇게 살아왔던 것처럼 말이다.

"몰라. 있는 것 같기도 하고……. 야야, 김아린이다."

민서가 솔지의 어깨를 툭툭 쳤다. 저쪽에서 아린이 홀로 걸어오고 있었다.

"대박. 쟤 학교 나왔네."

"나 같으면 하루 쉬겠다. 쪽팔려서 교실 어떻게 들어가?"

솔지와 민서는 아린을 걱정하는 것인지 욕하는 것인지 모를 모호한 말들을 내뱉었다. 아린은 멀리서도 두 아이가 걱정을 가장한 욕을 하고 있다는 것을 알았다. 아린은 둘에게 인사도 하지 않고 고개를 숙인 채 서둘러 학교로 들어갔다. 솔지와 민서는 오늘 교실에서 어떤 일들이 벌어질지 벌써부터 궁금해졌다.

"오우, 우리의 승리자!"

곁에 있던 남자아이가 성율에게 달려가 어깨동무를 하며 외쳤다. 때마침 아린이 교실로 들어오자 수많은 검은 눈동자가 총알처럼 아린에게로 쏟아졌다. 짧은 순간 아린과 성율의 눈이 서로 마주쳤다.

"어땠어, 좋든?"

"아, 비켜."

"왜, 말해 줘. 뭐 어때. 단톡방에 다 말하고선 이제 와서 부끄러워하냐."

유난히 장난기가 많은 성진이 장난삼아 성율에게 말했다. 아린은 고개를 숙이고 입술을 깨물었지만 몇몇 아이들은 부끄러워서 그런 것이라고 생각했다. 누구도 아린이 죽을힘을 다해 참고 있는 것이라고는 생각하지 못했다.

"야야, 그만해. 쟤들 헤어졌대."

"진짜? 와, 김성율 먹튀했냐."

남자아이들은 장난스러운 대화를 다시 이어가고 여자아이들은 쑥덕대기 시작했다.

아린과 친했던 아이들이 어색한 인사를 주고받고는 그 뒤로 누구도 아린에게 말을 걸지 않았다. 그사이 남자아이들은 성율에게 모여들었고 키득키득 웃어 댔다. 성율은 아주 잠깐 아린의 눈치를 살폈지만 결국엔 그마저 흐지부지됐다.

"첫 키스는 언제 했는데?"

"느낌이 어떤데?"

남자아이들은 호기심 가득한 질문을 던졌다. 몰려드는 친구들 때문에 성율은 잠시 재벌이 된 기분이었다. 다른 친구들은 엄두도 내지 못할 엄청나게 값비싼 물건을 가지기라도 한 것 같았다.

"비법이 뭐야. 가슴은 어때? 크냐?"

남자아이들은 여자아이들이 듣지 못할 정도로 작게 속삭인다고 생각했지만 완전한 착각이었다. 작은 목소리는 은밀하게 번져 사방으로 퍼졌다.

극소수의 몇몇을 제외하곤 대부분의 아이들은 악의가 없었다. 그저 궁금하고 부러울 뿐이었다. 하지만 악의가 있든 없든 그건 중요하지 않았다. 말 한 마디 한 마디가 아린의 귀에 못이 되어 박혔고, 피가 줄줄 흘러내렸지만 아무도 알아차리지 못했다. 결국 듣다 못한 지후가 그만 좀 하라고 소리쳤다.

"야, 궁금하면 야동이나 봐라. 학교에서 지랄들이야."

"뭐야, 천지후. 김아린 좋아하냐?"

"아오, 저 초딩들."

지후는 별거 아니라는 듯 귀를 파며 흘려들었지만 이미 몇몇 아이들이 공개 청혼이니 어쩌니 하며 장난을 쳤다. 성율은 지후가 아린을 좋아하는 것일까 봐 자꾸만 신경이 쓰였다.

"저 또라이들."

민서가 남자아이들이 모여 있는 곳을 향해 눈을 흘겼다. 섹시하니 어쩌니 하는 단어가 들릴 때마다 묘하게 기분이 나빴다. 민서는 남자아이들을 흘겨보던 눈으로 아린을 쳐다봤다.

"야, 너희도 좀 꾸며라. 얼굴이 그게 뭐냐. 김아린 봐. 예쁘니까 막 자고 다녀도 여기저기 좋다는 애들 천지잖아."

"뭐? 야, 너 죽을래?"

남자아이들의 기세가 시간이 흐를수록 당당해졌다. 단톡방에 이야기가 올라왔다는 이유로 아무렇지도 않게 남의 사생활에 대한 이야기를 꺼내도 된다고 생각하는 모양이었다. 한술 더 떠 여자아이들의 외모를 장난삼아 평가하기도 했다.

비밀리에 아주 친한 친구들끼리만 주고받던 스킨십 이야기도, 재미 삼아 하던 친구들의 외모 평가도 마치 공개 토론장이 된 듯, 장난스러운 놀림감이 된 듯, 교실 안에 둥둥 떠다녔다.

"아씨, 짜증 나. 김성율 때문에 이게 뭐야. 온 반이 지랄 그 자체네."

"근데 김아린은 왜 가만있지? 나 같으면 가만 안 있을 텐데."

"김성율 말이 맞으니까 가만있겠지."

"하긴 SNS에 쫙 퍼졌다며? 김아린 진짜 쪽팔리겠다. 학교 어떻게 다니냐."

몇몇 아이들은 성율을 비난했지만 거의 모든 아이가 아린을 향해 손가락질했다. 소문은 삽시간에 퍼졌다. 아무렇지 않게 아이들 입에서 '걸레'라는 말이 튀어나왔다. 쉬는 시간마다 아린은 고개를 파묻으며 책상에 엎드렸고 성율은 남자아이들에게 둘러싸였다.

솔지는 문득 이상하다는 생각이 들었다. 사랑은 성스러운 것이라고 말하면서 왜 여자는 더러운 사람이 되고 남자는 승리자가 되는 걸까. 왜 그런 것인지 너무 궁금했지만 누구도 답해 주지 않았다.

아이들은 답을 찾는 대신 아주 오래전부터 그래 왔던 것처럼 여자를 타깃으로 화살을 쏘아 댔다. 아린은 오늘 아무것도 할 수 없었다.

*

그저 그런 하루였다. 누군가에게는 끔찍한 하루였고, 누군가에게는 자기도 모르게 다른 사람의 가슴을 찢어 놓은 하루였고, 누군가에게는 별다를 것 없는 하루였다.

매일매일이 누군가에게는 전쟁이고 간신히 살아남은 하루일지도 모른다. 누군가는 지친 몸을 이끌고 집으로 돌아가지만 그곳에서 모든 것이 무너지고 끝이 났음을 깨달을지도 모른다.

"말해! 그게 무슨 말이야? 동영상이 어쩌고 하는 게 무슨 말이냐고!"

"아빠……."

솔지는 집에서 들려오는 큰소리에 깜짝 놀랐다. 아빠는 이제 막 퇴근을 했는지 옷도 갈아입지 않은 모습이었다. 아빠의 넥타이는 목을 조르려다 실패한 것처럼 아슬아슬하게 매달려 있었다.

"여보, 진정하고……."

"당신은 가만히 있어. 최영지, 아빠가 묻잖아. 인터넷에 네 동영상이 돌아다닌다는 게 무슨 말이냐고!"

아빠는 퇴근길 지친 몸을 이끌고 집으로 돌아왔다. 그리고 아내에게서 첫째 딸에게 심상치 않은 일이 벌어졌다는 이야기를 들었다. 아빠는 정신을 차리고 진정할 수가 없었다. 모든 부모에게 그렇듯이 두 딸은 아빠의 전부였다.

엄마는 세상이 무너지는 것 같았다. 딸 대신 받았던 전화에서 낯선 남자로부터 동영상을 다 지우기 어려울지도 모른다는 말을 들었다. 영상이 너무 많이 퍼져 있어서 모든 성인사이트를 찾기가 어렵고 생각보다 시간이 더 걸릴 거라는 말이었다.

"그 새끼지? 내가 너 남자친구니 어쩌니 할 때부터 알아봤어. 그 새끼 전화번호 대, 당장!"

아빠가 영지의 스마트폰을 빼앗으려 하자 영지는 손으로 막으며 소리쳤다.

"싫어! 걔 잘못 아니야."

"너 지금 그 새끼 편드는 거야? 생각이 있어, 없어 지금! 네 동영상 찍어서 인터넷에 올린 새끼잖아."

"걔가 그런 거 아니야."

영지는 스마트폰을 품에 넣고 끌어안았다. 두 눈에 눈물이 그렁그렁 맺혀 있지만 두려움이 아니라 분노에 가까운 눈물이었다.

"아니면 누군데, 누가 그딴 짓을 한 건데!"

"나도 몰라⋯⋯."

"몰라? 뭐, 몰라? 어디서 그따위 말을 해. 너 그래서 휴학도 한다고 한 거야? 학교도 못 다닐 만큼 소문이 퍼졌다는 거야?"

동영상, 남자 친구, 휴학. 솔지는 가슴이 쿵쿵 뛰기 시작했다. 아빠는 언니를 다그치고 엄마는 머리를 감싸 쥐며 한숨을 내쉬었다. 솔지는 인터넷 기사에서 보고 또 봤던 일이 언니에게 일어났다는 것이 믿기지 않았다. 그제야 언니가 아린의 일에 왜 그렇게까지 날카롭게 반응하고 화를 냈는지 알 것 같았다.

"내가 널 어떻게 키웠는데. 뭘 해? 뭘 했다고?"

"하면 왜 안 되는데?"

"뭐야?"

"몇 살이면 되는데?"

"뭐?"

"스무 살도 안 되면 몇 살이면 되냐고. 스물둘? 스물셋? 서른이고 마흔이면 괜찮아? 아빠 말처럼 몇 살까지 그렇게 살아야 하는 거야? 늦은 밤에 돌아다니지 않고, 짧은 치마도 안 입고, 남자도 안 만나고 그렇게 몇 살까지 지내면 되는데? 그렇게 아빠가 하라는 대로 지내다가 결혼하면 되는 거야? 그땐 책임도 질 수 있고 좋아하는 사람이랑 같이 있어도 몰카 같은 건 절대 안 찍히는 거야?"

"너 정말……."

"내 몸을 찍어서 인터넷에 올린 사람이 내가 아니잖아. 내가 잘못한 게 아니잖아. 근데 왜 다들…… 나한테만 그러는 거야?"

영지의 눈에서 핏방울 같은 눈물이 뚝 떨어졌다. 그 모습을 본 엄마는 가슴이 미어지고 이제 어쩌면 좋을지 막막하기만 했다. 엄마는 영지의 손을 잡았다.

"그러니까 조심해야 한다고 했잖아. 무슨 일 생기면 손해는 여자만 보는 거라고."

그 말에 영지는 무서운 눈으로 엄마를 바라봤다. 따뜻한 온기가 느껴지는 엄마의 손을 뿌리치고 입술을 깨물었다. 엄마는 눈을 질끈 감았다. 아빠는 그런 엄마를 보는 것도, 도끼눈을 치켜뜨고 마치 누구든 찍어 내리겠다는 듯 악을 쓰는 딸을 보는 것도 힘겨웠다. 그래서 그 힘겨움에 어쩔 수 없이 화를 냈다.

"뭘 잘했다고 대들어, 대들길!"

"내가 뭘 잘못했어? 내가 사람을 때렸어, 죽였어? 그것도 아니면 남의 물건에 손을 댄 거야? 내가 법을 어긴 거야? 내가 도대체 뭘 했어? 뭘 했다고 다 손가락질을 하냔 말이야!"

"목소리 안 낮춰? 이제 어쩔 거야? 그런 동영상이나 찍히고 이제 어쩔 거냐고!"

이제 어쩌면 좋지. 이제 어떻게 해야 하지. 동영상이 퍼졌다는 것을 알게 된 순간부터 지금까지 매일같이 영지의 머릿속에서 떠나지 않던 질문이다. 영지는 머릿속을 어지럽히고 괴롭히던 답 없는 질문들이 아빠의 입에서도 나온다는 것을 믿을 수가 없었다. 영지는 아빠를 바라봤다. 아빠의 두 눈은 길을 잃고 헤매고 있었다.

"아빠…… 내가 남자랑 잔 게 화나는 거야, 몰카 찍힌 게 화나는 거야?"

"뭐가 어쩌고 어째? 네가 행동을 똑바로 했으면 그런 게 왜 찍혀?"

"거 봐. 결국 아빠는 내가 남자랑 잔 게 화나는 거야."

"최영지!"

"내가 학교에서 도망치듯 나오면서 어땠을 것 같아? 집은 내 마지막 피난처였어. 세상 사람들이 다 나보고 잘못했다고 해도, 왜 그럴 짓을 했냐고 해도 집은, 집에서만큼은 날 위로해 줄 거라 생각했다고. 근데…… 집도 피난처가 아니었던 거야. 그치?"

"저게 뭘 잘했다고!"

영지는 무너지는 엄마를 못 본 척했다. 두 눈에 핏덩어리 같은 눈물을 한가득 담은 채 방으로 들어가 문을 닫아 버렸다. 영지의 하얀 방문은 영원히 열리지 않을 것처럼 굳게 닫혔다.

엄마는 소리 높여 울고 아빠는 주저앉아 버렸다. 엄마와 아빠의 머릿속에는 이제 어떻게 해야 할지 모르는 막막함만 가득했다. 인터넷에 떠돈다는 영상이 평생 딸의 앞길을 막고 아무것도 하지 못하게 만들 것만 같았다.

아빠는 영지의 남자 친구를 죽여 버리고 싶었다. 제 딸이 몰카나 찍는 한심한 남자와 사귀었다는 사실도, 그 개만도 못한 자식도, 그런 놈이 올린 영상을 좋다고 볼 놈들도 죽이고, 죽이고 또 죽이고 싶었다.

솔지는 밤새 잠을 잘 수가 없었다. 언니의 방문은 여전히 굳게 닫혀 있었고 안방에서는 한숨 소리가 계속해서 들려 왔다.

솔지네 가족은 평범했다. 솔지는 자기네 집이 늑대를 피해 집을 지은 아기 돼지 삼형제의 튼튼한 벽돌집까지는 아니더라도 제법 괜찮은 나무집이라고 생각했다. 하지만 영지가 몰고 온 돌풍에 흔적도 없이 날아가는 걸 보니 어쩌면 지푸라기로 만든 집보다 못할지도 모른다는 생각이 들었다.

솔지는 언니가 원망스러웠다. 도대체 왜 그랬냐고 따져 물을까 싶다가 내 몸을 찍어 인터넷에 올린 사람은 내가 아니라던 언니의 절규 같은 외침이 떠올라 그만뒀다.

— 언니 괜찮아?

솔지는 고민하고 또 고민하다 언니에게 메시지를 보냈지만 답이 없었다. 얼마나 지났을까. 한참 만에 언니에게서 답장이 왔다.

— 엄마 아빠는 어때?

— 그냥 그래.

— 너 아빠가 왜 그런 줄 알아?

— 속상하니까…….

—아니, 소녀가 죽었으니까.

—응?

— 아빠한테 나는 늘 깨끗하고 순결한 소녀여야 하는데 내가 아빠 가슴에 있는 소녀를 죽였거든.

솔지는 언니의 말이 무슨 뜻인지 이해하지 못했다. 하지만 머지않아 '소녀'가 무엇인지 솔지도 알게 될 것이다. 그땐 다른 사람의 가슴에 있는 소녀가 아니라 자기 자신의 소녀를 먼저 죽이게 될지도 모른다. 밤새 솔지의 집은 한숨으로 가득 찼다.

*

"아씨, 더러워."

아린이 지나가자 한 무리의 여자아이들이 몸을 피했다. 다른 반 아이들도 다 알 만큼 소문이 번졌다. 고작 하루가 지났음에도 아린의 세상은 뒤집히고 무너지고 사라졌다.

그 모습을 본 솔지는 충격에 소름이 돋았다. 언니도 아린과 똑같은 취급을 받았던 걸까. 그래서 그렇게 도망치듯 휴학을 하고 집에만 박혀 있는 걸까.

왜 여자한테만 걸레니 뭐니 손가락질이냐고. 너 아까부터 그 여자애만 더럽다고 욕한 거 알아?

솔지는 언니의 말이 떠올랐다. 홀로 걷는 아린의 뒷모습을 보는 것은 마치 방 안에 틀어박힌 채 나오지 않는 언니를 보는 것만 같았다. 솔지는 입술을 꾹 다물었다.

"꼬리 치고 다닐 때부터 알아봤다니까. 더러워."

더러워.

마지막 단어가 아린에게 그리고 솔지에게 곧장 날아들었다. 아린은 그저 입술을 악물고 말았지만 솔지는 더 이상 참을 수 없었다.

"야! 너희 말 그렇게밖에 못 해?"

아린이 학교에서 겪는 이런 일들을 영지도 똑같이, 아니 그보다 더하게 겪었을지도 몰랐다.

내가 학교에서 도망치듯 나오면서 어땠을 것 같아?

남자 친구와 잠을 잤다는 이유로 아린은 걸레가 됐다. 하물며 자신의 동영상이 퍼진 영지는 사람들 사이에서 무엇이 되었을지 솔지는 상상도 하고 싶지 않았다.

"솔지야, 너 왜 그래."

옆에 있던 민서가 솔지를 말렸지만 솔지는 멈추고 싶지 않았다.

"웃기잖아. 김아린한테만 뭐라고 그러는 거. 같이 했는데 왜 쟤만 욕먹냐고. 이거 차별 아니냐? 왜 김성율은 자랑하듯 떠벌리고 다니고 왜 김아린은 혼자 욕이란 욕은 다 먹어야 되는 거냐고. 애초에 잘못된 거면 둘 다 죄인이어야 하잖아. 둘이 같이 했는데."

영지가 솔지에게 했던 말이다. 어째서 여자만 성에서 약자가 되어야 하는 것인지, 도대체 누가 소년의 성은 당연한 것이고 소녀의 성은 음란한 것으로 만든 것인지 알 수 없었다. 학교에서는 여자와 남자, 남자와 여자가 같으며 모두가 평등하다고 가르친다. 그러나 현실에서의 소녀는 소년과 평등하지 않았다. 소녀는 언제나 성 앞에서 약자였다.

"야, 그냥 가자."

민서가 다시 솔지를 말렸다. 괜한 일에 끼어드는 게 아닐까 싶어서였다. 여태껏 많은 여자들이 그렇게 숨거나 피하면서 살아왔다. 피해자가 되든지 방관자가 되든지 그것도 아니면 피해자를 부수고 욕하는 또 다른 가해자가 됐다.

"왜, 내가 틀린 말 했어? 맞잖아, 솔직히 욕은 김성율 그 자식이 먹어야지. 찌질하게 애들 다 있는 단톡방에서 말 꺼낸 게 누군데."

솔지는 자신이 한 말이 어떤 영향을 끼칠지 몰랐다. 옆 반의 아이들은 솔지의 말을 곱씹을 것이다. 짜증 나게 아침부터 시비를 건다고 투덜댈 것이고 솔지는 3반 미친년이라 불릴 것이다. 그리고 솔지 역시 남자와 잤기 때문에, 솔지야말로 진짜 걸레이기 때문에 아린의 편을 드는 거라고 생각할 것이다. 솔지도 알지 못하는 사이에 이상한 소문의 주인공이 되어 있을지도 몰랐다. 하지만 솔지는 방관자도, 피해자도, 가해자도 되지 않을 생각이었다.

"안 잤어."

움츠리고 걷던 아린이 고개를 들고 말했다. 솔지와 민서가 놀라며 뒤를 바라보자 아린은 두 아이와 똑똑히 눈을 마주쳤다.

"응?"

"안 잤다고."

그 뒤로 모든 것이 바뀌었다.

남자아이들이 손가락으로 브이를 만들어 뒤집었다. 시옷 모양의 손은 늘 두 개가 붙어 다녔다. ㅅㅅ. 그게 무슨 의미인지는 모두가 알고 있었다.

"저건 좀 심한 거 아니야?"

"변태 새끼들."

누군가의 말이 끝나기가 무섭게 아린이 책상에서 일어났다. 아린은 그길로 학교를 나가야 할지, 이제 그만 좀 하라고 소리쳐야 할지 고민했다. 그러다가 선택지에 없는 것을 택했다. 아린은 곧장 남자아이들에게 둘러싸인 성율에게로 향했다.

교실 안의 모든 시선이 아린과 성율에게 꽂혔다. 성율의 얼굴에는 웃음이 가득 번졌다. 성율은 아린이 자신에게 이렇게 말을 거는 것이 어쩌면 아직 미련이 있는 걸지도 모른다는 생각이 들었다. 하지만 성율이 틀렸다. 아린은 전혀 다른 이야기를 꺼냈다.

"야, 김성율. 너 진짜 나랑 잤어?"

"애들 다 보는 데서 말해도 돼?"

성율이 짐짓 거만을 떨자 남자아이들의 입에서 "오" 하는 소리가 터져 나왔다. 아이들은 세상에 이렇게 흥미진진한 일은 없다는 듯이 둘을 바라봤다.

아린은 성율을 가만히 바라봤다. 한때는 생각만 해도 가슴 설레고, 기분 좋게 해 주던 아이였다. 하지만 이젠 성율이 죽을 만큼 끔찍하게 느껴졌다. 아린은 주먹을 쥐었다.

"그게 같이 잔 거야? 난 아니었는데……."

아린의 목소리가 가볍게 떨렸다. 성율은 그게 무슨 말이냐는 듯 아린을 바라봤다. 그다음 이어지는 아린의 말에 모든 것이 뒤바뀌었다. 이제 아린은 더 이상 죄인도, 걸레도 아니었다.

"네가 억지로 했잖아. 난 싫다고, 싫으니까 그만하라고 했는데 네가 강제로 했잖아."

침묵을 만드는 일은 생각보다 쉬웠다. 침묵은 무겁게 가라앉아서 숨소리조차 들리지 않았다. 누군가의 입에서 강간이라는 단어가 터져 나오기 전까지 침묵은 쉽게 깨지지 않았다.

"헐, 강간이야?"

교실은 순식간에 아수라장이 됐다. 성폭행, 강간범, 범죄라는 단어들이 사방에서 터져 나왔다. 성율의 얼굴은 귀까지 빨개져 터질 것만 같았다.

"미친놈. 저게 인간이냐?"

욕이 여기저기서 튀어나왔다. 이틀 내내 여자를 정복한 영웅이 되었던 성율은 이제 아무것도 할 수 없었다. 성율은 미친놈이 됐다가 변태 성욕자가 됐다가 다시 죽일 놈이 됐다. 어떤 느낌이었냐고, 좋았냐고, 묻고, 묻고 또 묻던 남자아이들도 이번에는 그렇게 물을 수 없었다.

"미친, 그건 좀 아니지 않냐?"

쑥덕거리는 소리가 사방에서 벽처럼 밀려왔다. 성율은 거대한 벽에 부딪히는 느낌이 들었다. 가만히 있으면 벽에 깔려 죽을 것만 같았다. 그래서 성율은 벽을 향해 주먹을 던지고 발을 걸어차며 욕을 내뱉었다.

"씨발! 야, 김아린! 너 미쳤어? 내, 내가 언제 그랬어!"

"아니라고?"

"당연히 아니지. 씨발!"

쓰레기. 미친놈. 변태 새끼. 성율이 목소리를 높여도 주변의 소리는 작아지지 않았다. 성율은 두렵고 당황스러웠다. 머리가 하얘져서 어떻게 해서든 교실에서 나가고만 싶었다.

"김성율. 너 진짜 아니야?"

누군가가 묻는 말을 성율은 동아줄이라도 된다는 듯 얼른 잡아챘다.

"말이 되는 소릴 해. 쟤랑 나랑 잔 적도 없는……."

성율은 말을 뱉고서야 아차 싶은 생각이 들었다. 아린은 굳은 표정으로 성율을 바라봤다. 수군거리는 소리가 사방으로 번졌다.

"맞아. 너랑 나는 애초에 잔 적도 없어. 근데 왜 그랬어?"

아린은 제대로 된 답이 나오지 않을 거라는 걸 알면서도 물었다. 성율은 빨개진 얼굴로 주변을 바라보며 차라리 잘됐다고 생각했다.

"그래, 애들한테 자랑 좀 하려고 뻥쳤다. 그래서 뭐, 어쩌라고. 소문 좀 났다고 사람을 범죄자로 만들어?"

"넌 거짓말로 나 걸레 만들었잖아. 근데 왜 나는 그러면 안 되는데?"

"처음부터 네가 아니라고 했으면 됐잖아. 그땐 가만있다가 왜 지금 난리인데? 솔직히 너도 괜찮았으니까 가만있었던 거 아니냐? 그것도 아님 진짜 더러운 년이라서 찔려서 입 다물고 있었거나."

성율의 목소리가 점점 커졌다. 그렇게 하면 정말로 모든 것이 아린의 탓이 되기라도 한다는 듯이.

"왜 가만있었냐고?"

아린은 입술을 깨물었다. 그런 일을 겪어 보지 않은 사람은 절대 알 수 없었다. 온몸이 부들부들 떨리고 머리가 까맣게 비어 버린다는 것을. 머리 위에서 천둥, 번개가 치고 세상이 무너져 내리는 기분이 어떤지 모를 것이다. 아무리 진실을 말해도 아무도 들어 주지 않을 것이라는 생각이 얼마나 절망적인지 겪어 보지 않은 사람은 결코 알 수 없다고 아린은 생각했다.

아린은 아무 말도 하지 않았다. 그저 한때 정말로 좋아했던 남자아이를 바라보기만 했다. 사랑이 너덜너덜해지는 것은 한순간이었다.

진실이 밝혀졌지만 누구도 사과하지 않았다.

늘 그랬다. 다들 입에서 입으로 소문을 퍼트리며 흉보고 욕하는 건 가해가 아니라고 생각했다. 뭘 그런 걸 가지고 사과를 하느냐고, 나만 그런 게 아니라 다른 사람들도 다 그렇게 욕을 했다고 말할 것이다. 사과는 생각보다 쉽고 간단하지만 누구도 시도하지 않았다.

누군가는 성율을 향해 도끼눈을 뜨고 날카로운 발톱을 드러냈다. 또 다른 누군가는 어떻게 그런 거짓말을 하냐며 아린에게 다시 화살을 돌렸다.

"아무리 그래도 그렇지 애를 왜 성폭행범으로 만드냐. 저게 꽃뱀이지 뭐야."

어쩌면 애초부터 진실 같은 것은 중요하지 않았을지도 몰랐다. 이제 걸레라는 말은 사라지고 쓰레기와 꽃뱀이 남았다.

왜 진작 아니라고 하지 않았냐고, 왜 가만있었냐고, 너도 괜찮았던 거 아니냐고. 다른 성범죄의 피해자들에게 쏟아지듯 아린에게도 똑같은 질문이 쏟아질지도 몰랐다.

걸레로 지목된 여자는 계속 걸레로 남거나 꽃뱀이 되어야만 했다. 선택지는 단 두 개뿐이었다. 늘 그래 왔듯이. 하지만 아린은 다른 길을 택하고자 했다.

아린은 걸레도 꽃뱀도 되지 않을 생각이었다.

*

세상이 무너지는 건 한순간이었다.

솔지네 집은 무너졌고 무너진 세상은 침묵이 아니면 고함으로 가득 찼다. 가족은 모두 말이 없었다. 누구도 말을 꺼내고 싶지 않아 했다. 영지의 방은 여전히 굳게 닫혀 있었고 열릴 줄을 몰랐다. 영지는 밥도 먹지 않고 씻지도 않았다. 마치 죽은 사람처럼, 처음부터 그 자리에 없었던 사람처럼 방에서는 아무 소리도 들리지 않았다. 솔지는 언니가 무슨 생각을 하고 있을지 궁금했다.

엄마 아빠는 밤새 악몽을 꿔야 했다. 고통스러워하는 딸을 보면서도 아무것도 하지 못하는 꿈. 부모에게는 가장 끔찍한 악몽이었다. 아파하는 자식을 보고도 아무것도 하지 못하는 꿈, 어떤 일로부터 지켜 주지 못하는 꿈.

누군가 솔지네 집에 까만 오물을 한가득 부어 놓은 것만 같았다. 끈적끈적하고 불쾌한 냄새가 사방에 번졌다. 가족이 무너지고 있었지만 아무것도 할 수 없었다.

솔지는 가슴이 답답했다. 언니의 말이 자꾸만 마음에 걸렸다. 아빠의 가슴속에 있다는 소녀, 그 소녀를 죽였다는 언니. 그건 무슨 뜻이었을까.

언니를 그렇게 만든 그 남자도 언니처럼 괴로울까? 학교도 못 가고 친구도 못 만나고 가족에게도 상처를 받았을까? 잘못한 사람은 따로 있는데 왜 언니가 힘들어야 하는 거지? 만약에 언니가 도둑맞았다고 해도 사람들이 이렇게 대할까? 언니가 사람들을 피해 도망치듯 떠나야 했을까? 왜 다른 모든 일에는 피해자를 위로해 주면서 성 문제에 있어서는 피해자가 약자가 되는 걸까.

너 아까부터 그 여자애만 더럽다고 욕한 거 알아?

언니의 말이 솔지의 귓가를 스치고 지나갔다. 솔지 역시 다른 사람과 똑같았다. 솔지는 아련에게 메시지를 보내기로 했다. 꼭 그래야 할 것만 같았다.

—미안해 오해해서. 다른 애들이 뭐라고 하든 넌 아무 잘못도 없어.

메시지를 보냄과 동시에 거실에서 아빠 목소리가 들려왔다. 아빠는 술에 취해 영지의 방문을 두드리고 있었다. 두드리고 또 두드리면서 아빠의 목소리는 조금씩 떨리기 시작했다.

"왜 그랬어. 도대체 왜!"

무너지는 아빠의 모습을 지켜보는 솔지는 날카로운 칼에 가슴이 찢기는 것만 같았다.

'왜 그랬냐고 묻지 말지.'

솔지는 입술을 깨물었다.

왜 그랬냐고 묻지 말지. 그냥 많이 무섭진 않았는지, 많이 놀라진 않았는지, 아빠만 믿으라고 그렇게 말해 주지. 어릴 때 넘어져서 울면 달래 줬던 것처럼 그냥 그렇게 말해 주지.

누구나 넘어지기 마련이다. 한 번도 넘어지지 않고 걸음마를 배우는 아이는 없다. 그때마다 왜 넘어졌느냐고, 왜 조심하지 않았느냐고 나무라기만 한다면 아이는 절대 뛸 수 없을 것이다.

아빠는 두 딸의 어린 시절을 모두 기억하고 있었다. 작은 손을 뻗으며 아장아장 걸음마를 하던 그때, 자신을 향하던 그 두 팔과 작은 손가락 하나까지도 기억했다. 작은 아이는 오로지 아빠가 자신을 잡아 줄 거라는 것을 믿고 걸음을 뗐다. 엉덩방아를 찧으며 울더라도 아빠가 이내 꼭 안아 주며 괜찮다고 다독여 줄 것임을 알고 있었으므로 또다시 발걸음을 뗄 수 있었다.

뒤늦게 아린에게서 답장이 왔다.

─알아. 이제 절대로 고개 숙이지 않을 거야. 잘못한 사람은 내가 아니니까.

*

학교 복도에 대자보가 붙었다. 대자보는 8시 30분쯤 한 선생님이 떼기 전까지 아이들의 눈과 눈으로, 입과 입으로 전해졌다.

이제 소녀 같은 건 때려치우기로 했다.

순결한 소녀는 사랑을 가슴에 품고 수줍은 미소를 지어야 한다. 순결한 소녀는 안아 주고 싶을 만큼 여려야 한다. 순결한 소녀는 사랑을 하되, 남자와 육체를 섞어서는 안 된다. 순결한 소녀는 음란한 생각을 해서는 안 된다. 순결한 소녀는 성적인 것에 무지해야 한다. 그것이 순결한 소녀니까.

도대체 누가 소녀란 이름에 순결을 붙였는가.

순결은 유니콘이나 용처럼 터무니없는 것이다. 유니콘을 믿든 믿지 않든 그건 개인의 자유다. 순결도 마찬가지다. 순결은 우리의 자유다. 순결을 강요받는 게 소녀라면 우리는 소녀 같은 건 때려치우기로 했다.

"헐 대박, 대박 사건!"

민서가 호들갑을 떨며 솔지에게 달려왔다.

"미친, 너 복도에 대자보 붙은 거 봤어?"

솔지는 고개를 끄덕였다. 대자보는 여자아이들의 마음을 흔들어 놓았고 솔지의 마음을 단단하게 했다. 솔지는 더 이상 흔들리지 않았다.

"우리 시작하자."

"뭘?"

민서가 눈을 동그랗게 뜨고 물었다.

"소녀 해방운동."

"뭐래. 어우, 싫어. 난 나대는 거 딱 싫어."

민서가 고개를 저으며 양손을 흔들었다. 예전의 솔지였다면 지금 민서와 똑같은 행동을 했을 것이다. 하지만 이제 그럴 수 없었다. 솔지에게 예전처럼 가만있는 건 언니를 향해 손가락질하고 욕하던 사람들과 같은 사람이 되는 것을 의미했다. 솔지는 벌떡 일어나서 다른 무리의 여자아이들에게 향했다.

"너희 대자보 봤지? 거기 쓰여 있던 소녀라는 단어 기억해?"

"으응?"

"거기 쓰여 있는 게 딱 맞아. 여자한테만 순결하라고 하잖아. 너희 남자애들한테 순결이니 뭐니 그런 말 하는 거 들어 봤어? 이거 성차별이야. 지금이라도 차별을 없애야 해."

"뭐…… 그렇다고 꼭 차별이 있는 것 같지는 않은데, 난."

여자아이들은 뭐가 잘못됐는지 알지 못했다. 가슴을 조이는 브래지어로 몸을 감싸기 시작한 날부터, 여자와 남자의 몸이 서로 달라지기 시작하는 날부터 여자는 늘 조심해야 한다고 배워 왔다.

"남자애들이 변태를 만날까? 보고 싶지 않은 다른 사람의 성기를 억지로 볼 일이 있을까?"

솔지의 물음에 민서는 아무런 답을 하지 못했다. 민서는 그날을 잊을 수가 없었다. 영어 학원에 갈 때마다 괜히 입술을 잘끈 깨물기도 했다. 두려웠지만 다들 괜찮다고, 별일 없으니 다행이라고 말했기 때문에 괜찮은 것이라고 스스로에게 말해야 했다. 여자라서 그런 일을 겪은 것이라면 그건 분명 잘못됐다는 것을 민서도 알고 있었다.

"너희 정말 여자라서 겪는 불평등이 없다고 생각해?"

잠깐 침묵이 흘렀다. 여자아이들은 갑자기 솔지가 왜 그러는지 이해할 수 없다는 듯 서로의 눈치를 살피다가 작게 고개를 끄덕였다.

"인정. 솔직히 여자라서 불편한 거 겁나 많잖아. 생리하는 것도 짜증 나. 나 중학교 때 생리해서 체육 못 한다니까 체육 쌤이 나더러 생리하는 증거를 가져오래. 증거가 뭐냐? 뭐, 피 흘리는 거라도 보여 줘야 돼?"

"난 브라. 여름에 졸라 더운데 브라 입고, 그 위에 브라 가리는 민소매 입고 그 위에 또 옷 입어야 되잖아. 쩌 죽어, 완전."

"난 솔직히 스킨십. 이번에 김성율만 봐도 그렇잖아. 왜 남자애들은 여자 친구랑 스킨십한 걸 자랑해?"

한 명이 먼저 말을 내뱉자 기다렸다는 듯 말들이 터져 나왔다. 모두가 몰랐던 게 아니라 모른 척하고 있었을 뿐이었다. 솔지는 아이들을 바라보다가 멀리, 여전히 혼자 앉아 있는 아린과 눈이 마주쳤다. 솔지는 마치 다짐이라도 하는 듯 말을 내뱉었다.

"머리에 유니콘 뿔 붙이고 환상 속에 산다고 이득 볼 거 하나도 없잖아. 이제 환상이 아니라 평등을 생각할 때라고 봐. 이제 빌어먹을 소녀 같은 건 때려치울 거라고."

변태를 만나 두려움에 손발이 덜덜 떨리고 심장이 터질 것 같아도, 이제 그 골목으로 두 번 다시 갈 수 없어도 세상은 바뀌지 않았다. 누군가 퍼트린 소문은 한순간에 여자를 걸레로 만들고 친구를 빼앗지만 세상은 변하지 않았다. 누군가 시작하지 않으면 그런 일들이 늘 다시 반복될 것이다.

"윽, 꼴페미 등장."

한쪽에서 듣고 있던 남자아이들이 불만 어린 목소리를 내뱉었다. 싸움은 늘 이런 식으로 시작됐다.

"남자가 대체 뭘 잘못했냐? 난 살면서 남자라고 대우받은 거 하나도 없는데. 왜 남자를 못 잡아먹어서 안달이냐고. 여자들한테만 성범죄가 많다고? 그럼 꽃뱀들이 구라로 신고하는 건? 그런 건 안 보이냐? 니들은 그래서 안 되는 거야. 졸라 이기적이야. 맨날 여자니까 무거운 거 들지 말라 하고 힘든 거 다 빼 주고 배려만 열심히 해 줬더니. 여기서 뭘 더 어떻게 해 줘? 남자만 군대 가는 것도 빡치는데."

"으, 꼴페미들. 극혐."

남자아이들이 토하는 시늉을 했다. 그걸 본 여자아이들도 욕을 내뱉었다.

"우리도 찌질한 한남 극혐이거든?"

"김치녀 주제에."

"뭐?"

솔지는 이야기가 꼭 이런 식으로 흐른다는 것을 알고 있었다. 마치 반드시 제자리로 돌아가야 하는 장난감 기차처럼 이야기는 똑같은 레일 위를 돌고 또 돌았다. 성범죄, 꽃뱀, 군대, 임신…….

무슨 말을 하려고 했는지 잊어버린 사람처럼, 똑같은 말로 싸우는 유치한 초등학생들처럼 늘 똑같은 문제로 싸우고 말았다. 누군가 옷을 마음대로 입을 자유가 있다고 하면 또 다른 누군가는 그 옷을 입은 사람을 볼 자유가 있다고 대답했다. 남들 보라고 벗은 거 아니냐고 말했고, 도대체 남자가 여자에게 무슨 잘못을 했느냐고 말했다. 페미니스트는 골치 아프다고, 시끄럽고 기센 여자들이라고 했다.

하지만 모두 틀렸다. 그런 걸 말하는 게 아니다.

솔지는 일어나 남자아이들 앞으로 향했다. 잘못됐다는 것을 말해 줄 생각이었다. 너희가 틀렸다고 우리가 말하는 것은 그런 것이 아니라고 말하고 싶었다.

"너 남자라서 대우받은 거 하나도 없다고 했지? 우린 여자라서 대우를 해 달라는 게 아니야. 똑같이 사랑해도 여자만 욕먹는 게 잘못됐다고 말하는 거야. 내가 무슨 옷을 입든 그게 성희롱과 성폭행의 대상이 되지 않는 거. 나쁜 일을 당했을 때 여자가 야한 옷을 입어서 그렇지, 그런 말도 안 되는 소리가 안 나오는 거. 그런 걸 말하는 거야."

"그럼 입지 마. 안 입으면 되지. 우리도 짧은 핫팬츠는 안 입잖아. 팬티 다 보이는 치마 입고 다니면서."

"그 말이 아니잖아. 옷을 입고 말고가 중요한 게 아니라 옷이 성범죄의 원인이 되어서는 안 된다고. 범죄자는 따로 있는데 마치 여자 잘못으로 그런 일을 당한 것처럼 몰아가는 게 잘못됐다고."

"뭐래."

"너희가 쓰는 화장실에 이상한 구멍 같은 거 없지? 여자 화장실에는 막 열댓 개씩 뚫려 있어. 그게 몰카 흔적인 건 아냐? 그걸 휴지로 일일이 막고서 오줌 누면 어떤 기분이 드는 줄 알아? 너희는 모르지? 한 번도 그런 거 안 겪어 봤으니까. 너희는 화장실에서 '몰카는 신고가 예방입니다'라는 문구 본 적 있어? 마치 우리가 신고를 안 해서 몰카를 당한다는 것처럼 적혀 있는 거 봤냐고. 여자 화장실에는 다 있어. 화장실에 들어가면 문 앞에 성범죄나 위급 상황 때 112에 전화해서 '여기 무슨 화장실 몇 번째 칸이에요'라고 말하는 방법도 나와 있어. 그게 남자를 배려하지 않아서 여자 화장실에만 있는 것 같아? 아님 여자들한테만 그런 일이 수도 없이 일어나서 그런 것 같아?"

"아, 저 꼴페미. 짜증 나네, 진짜."

"너 지금 말 다했냐?"

세상에 벌어질 수 있는 일들은 다 벌어진 것처럼 하루 만에 너무 많은 일들이 일어났다. 아이들은 흔들리고 무너지고 다시 고개를 들면서 싸웠다. 여전히 아무것도 바뀌지 않을지도 몰랐다. 하지만 솔지는 반복되는 불합리함을 더 이상 '괜찮다, 별일 없으니 다행이다'라는 말로 눈감지 않을 생각이었다.

"저희 동아리 만들려고요."

"무슨 동아리?"

"여성 인권 운동 동아리요."

"페미니즘 활동하게?"

솔지는 그 단어가 어떤 힘을 발휘하는지 목격했다. 페미니즘은 선생님의 눈썹 사이에 짙은 주름을 만들게 했고 남자아이들에게서 빈정대는 말을 듣게 만들었다. 마치 엄청난 골칫덩이라도 된 듯 주변 사람들이 거리를 뒀다. 세상에 만족하지 못하는 너희, 너희 때문에 여자와 남자가 이렇게 됐다는 듯이 바라봤다.

"아침에 대자보도 너희가 붙였니?"

선생님은 안 그래도 머리 아파 죽겠는데 더 골치 아픈 일이 생겼다는 듯한 말투였다.

"그럼 학생이 순결해야지. 여학생이 돼서 순결이 자유니 어쩌니 하는 말이 학교에서 나돈다는 건 그만큼 아이들이 문란하다는 뜻 아닙니까. 다른 사람들이 보면 우리 학교를 뭐라고 하겠어요? 여기가 집창촌입니까? 여기는 공부하는 학교예요, 학교. 누가 붙였는지 반드시 찾아내야 합니다. 우리 학교에 두 번 다시 이런 일이 벌어져서는 안 돼요."

아침 대자보 사건 때문에 단단히 화가 난 교장선생님이 선생님들을 불러 호되게 야단쳤다.

"도대체 뭘 가르친 거예요. 공부 시키라고 했더니 애들 머리에 그런 음란한 생각이나 가득 차도록 다들 뭘 하신 겁니까?"

교장선생님에게는 순결하든 순결하지 않든 그건 우리의 자유라는 말이 음란하고 불경한 말처럼 들린 모양이었다.

"아니요. 근데 그걸 붙인 사람이 있는 걸 보면 우리 학교에도 여성 인권에 관심 있는 사람이 있다는 거잖아요."

솔지의 말에 민서가 고개를 끄덕였다.

"맞아요. 선생님도 여자잖아요. 같이해 주세요. 동아리를 만들려면 담당 선생님이 한 명 있어야 된대요."

"얘들아, 너희가 무슨 말을 하고 싶은지는 알겠는데 꼭 그런 거 해야 되니?"

"그런 거요?"

선생님은 페미니즘이라는 단어를 입에 올리는 것조차 꺼렸다.

"남자도 힘든 게 많아. 꽃다운 나이에 군대 가지, 힘들어 죽겠는데도 여자한테 양보하고 배려해야 하지. 그러면 여자애들은 또 뭐라 그러니. 우리는 애를 낳는다고 하잖아. 그럼 애 낳으면 남자는? 남자는 애 먹여 살리느라 얼마나 고생을 하면서 사는데. 아빠 봐, 아빠. 얼마나 고생하시니."

아빠 이야기가 나오자 솔지는 멈칫했다. 두 딸을 위해 아빠가 얼마나 힘들게 일하는지 잘 알고 있었다.

"생각해 보니까 쌤 말이 맞아요. 남자애들도 불쌍해요. 스무 살에 군대 가는 것도 안쓰럽고, 결혼하고 나면 가장으로서 평생 일해야 하는 것도 불쌍해요."

"그래. 우리 솔지가 남자애들을 이해해 준다니까 다행……."

"근데요, 쌤. 여기서 남자 얘기가 왜 나와요?"

"뭐?"

"저는 여자의 권리에 대해 말했는데 왜 남자 이야기가 나와요? 여자의 권리가 지켜지면 남자의 권리가 줄어들어요? 반바지나 짧은 치마를 입어도 위험하단 생각이 안 드는 세상을 만들자는 게 문제예요? 여자든 남자든 위험한 일을 당하면 안 되잖아요. 그리고 남자가 가족을 먹여 살린다는 것도 평등하지 않아요. 왜 남자한테 그런 무거운 짐을 주는데요? 우리도 똑같이 공부하고 똑같이 일할 수 있어요. 그런데도 남자가 더 많은 짐을 지는 건 평등하지 않은 거잖아요. 근데 왜 계속 그런 일이 일어날까요? 여자가 돈을 벌 수 있는 능력이 없어서 그런 게 아니라 결혼을 하고 아기를 낳으면 경력 단절이 생기기 때문이잖아요."

솔지는 마치 시험을 위해 달달 외우기라도 한 것처럼 말을 쏟아 냈다. 하지만 그건 머리에서 나오는 말이 아니었다. 가슴에서, 답답해서 미칠 것 같은 가슴에서 튀어나온 것이다.

"그래서 네가 하고 싶은 말이 뭔데?"

"모두가 평등하고 공평해야 한다는 거요."

솔지는 분명하게 말했다. 여자나 남자의 문제가 아니라 모두가 평등해지길 바란다고 말했다. 하지만 선생님의 미간에 자리 잡은 주름은 사라지지 않았다.

"너 이거 누가 시켜서 하는 거니?"

"누가 이런 걸 시켜요?"

"글쎄, 뭐 여성 단체나……."

"네?"

"그런 게 아니라면, 사실 네가 여성 경력 단절 문제에 관심을 가질 나이는 아니잖아."

선생님은 마치 열일곱 살의 여고생은 아이돌을 쫓아다니고, 공부에 집중하며, 외모를 가꿀 나이라는 것처럼 말했다. 여성 인권 문제나 경력 단절 문제에 관심을 가질 수 없는 것처럼.

"여성 경력 단절 문제에 관심을 가질 나이는 몇 살인데요?"

솔지의 물음에 선생님은 눈썹을 찌푸렸다.

*

"최솔지. 잠깐 나와 봐."

엄마는 지쳐 있었다. 끝나지 않는 일과 그보다 더 많은 역할을 요구하는 사회에서 엄마는 세월을 빼앗기고 늙고 지친 몸을 돌려받았다.

엄마의 하루는 끝이 없었다. 누구보다 먼저 일어나 아침밥을 차리고 서둘러 회사에 뛰어가야 했다. 집으로 돌아오면 밀린 집안일이 남아 있었다. 어쩌다 야근이라도 하면 늦게 끝나는 두 딸의 학원에 데리러 갈 수 없어 안절부절못했다.

아빠는 집안일을 잘 '도와주는' 사람이었지만 엄마는 집안일을 '해야' 하는 사람이었다. 그건 얼핏 보면 비슷해 보이지만 사실 하늘과 땅만큼 다른 것이었다. 도와준다는 것은 다른 사람의 일을 여유가 있거나 할 수 있을 때만 하는 것일 뿐이었다.

빨래가 밀리거나 셔츠가 구겨져 있거나 반찬이 부족하거나 냉장고에서 냄새가 나거나 선반에 뽀얀 먼지가 쌓이는 것 모두 엄마의 책임이었다. 엄마의 하루는 끝이 없었다. 늘 고됐고 지쳤다. 엄마는 지금 솔지가 학교에서 만들고 있는 분란이 딸을 망치고 있는 것 같아 두려웠다.

"선생님한테 전화 왔는데 그게 무슨 말이야? 너 학교에서 페미니즘 운동해?"

"페미니즘?"

엄마의 목소리는 낮게 깔려 있었다. 엄마의 물음에 아빠는 눈살을 찌푸렸다.

"왜 학교에서 쓸데없는 걸 해?"

"페미니즘 운동이 왜 쓸데가 없어?"

솔지는 엄마에게 물었다. 여성 인권에 대해 목소리를 내는 것이, 잘못된 관행을 바로잡는 것이 왜 쓸데없는 것인지 알 수 없었다.

"당장 그만둬."

"엄마가 몰라서 그래. 내 친구한테 무슨 일이 있었는지 알아?"

"그러니까 왜 그런 애랑 친구를 해?"

"엄마……."

"고등학생이, 남자 친구랑 자고 다니는 그런 애랑 왜 친구를 하냔 말이야. 네 언니 하나만으로 부족해서 그래?"

선생님의 전화로 학교에서 무슨 일이 있었는지 알게 된 엄마는 가슴이 철렁 내려앉았다. 영지의 일만으로도 숨쉬기가 벅찬데 솔지 반에서 그런 일까지 있었다니. 엄마는 솔지마저 그렇게 될까 봐 두려웠다.

언니 하나만으로 부족하냐는 말은 솔지의 가슴을 파고들었다. 솔지는 언니의 방문을 바라봤다.

내가 학교에서 도망치듯 나오면서 어땠을 것 같아? 집은 내 마지막 피난처였어. 세상 사람들이 다 나보고 잘못했다고 해도, 왜

그럴 짓을 했냐고 해도 집은, 집에서만큼은 날 위로해 줄 거라 생각했다고. 근데…… 집도 피난처가 아니었던 거야. 그치?

솔지는 언니의 목소리가 떠올랐다. 학교에서 도망치듯 나와야 했던 언니. 이제 집에서 마저 도망가야 한다면 언니는 어디로 가야 하는 것인지 생각했다.

솔지는 더 이상 고개 숙이지 않겠다던 아린도 떠올랐다. 누가 시켜서 하는 것이냐고 묻던 선생님의 목소리도 스쳐 지나갔다. 세상이 잘못됐는데도 바꾸지 않으려 한다면, 그래야만 하는 거라면 솔지는 더 이상 멈추지 않을 생각이었다.

"엄마 아빠가 말하는 그 쓸데없는 짓을 하고 다니니까 알겠더라. 언니는 아무 잘못도 없다는 거, 오히려 언니가 용감했다는 거 말이야."

"뭐야? 남자랑 있다가 그런 영상이나 찍히는 게 용감해?"

솔지의 말에 아빠의 얼굴은 무섭게 구겨졌다.

"언니가 용감하지 않았어 봐. 언니가 우리 곁에 있을 수 있겠어? 그 영상 찍혀서 제일 놀라고 무서운 건 언니잖아. 같이 사랑했는데 왜 언니만 피해자야?"

"그러게 왜 그런 거 찍힐 짓을 하고 다녀."

"왜 짧은 옷을 입었냐고, 왜 남자를 만났냐고, 왜 사진 찍힐 짓을 했냐고, 왜 그랬냐고 그런 걸 물어보면 안 되잖아!"

이제 솔지도 알고 있었다. 왜 짧은 옷을 입었냐고, 왜 남자를 만났냐고, 왜 사진 찍힐 짓을 했냐고 묻는 것이 무슨 의미인지. 결국 짧은 옷을 입은 여자는 사진이 찍혀도 된다는 의미라는 것을 알았다. 그런 사진이 찍혀 인터넷을 돌고 또 돌아 수치스러운 말을 듣고, 악마와 다름없는 그들의 입과 손에 놀아나도 된다는 의미라는 것을. 그 모든 나쁜 일들의 원인이 나쁜 짓을 저지르는 사람들 탓이 아니라 여자들 탓이 된다는 사실을 알고 있었다.

"그럼 내 딸이 이상한 영상이나 찍히고 다니는데 '오냐 잘했다' 해야 한다는 거야?"

아빠는 당장이라도 폭발할 듯 얼굴이 빨갛게 변했다. 아빠는 솔지마저 잃을까 겁이 났다. 아빠가 두려움에 이성을 잃어 가는 모습을 본 엄마는 더 이상 버틸 수가 없었다.

"제발 그만 좀 해! 남들 다 그냥 사는데 왜 너만 난리야, 너만."

엄마의 절규 같은 외침에 영원히 닫혀 있을 것만 같던 영지의 방문이 열렸다. 깊은 겨울잠에서 깨어난 영지는 몹시 어둡고 지쳐 있었다.

"엄마 아빠가 틀렸어."

영지가 조용히 입을 열었다.

"진짜 그렇게 생각해? 다들 그냥 잘 사는 것 같아?"

영지는 웃음을 터트렸다. 웃고, 웃고 또 웃었다.

"영지야, 도대체…… 뭐가 문제야. 뭐가 그렇게 불만이냐고. 네 일 해결하려고 엄마 아빠가 밤낮없이 뛰어다니는 거 안 보여?"

엄마의 화난 목소리에도 영지는 웃음을 그칠 줄 몰랐다. 순간 엄마 아빠는 직감으로 느꼈다. 딸이 웃고 있는 것이 아님을. 딸의 웃음소리는 세상이 무너지는 소리였음을. 세상에 둘도 없는 소중한 딸이 무너지고 부서지고 있었음을.

"뭐가 문제냐고? 다, 전부 다. 여자로 태어난 이 몸뚱이가 문제야, 알아?"

영지의 웃음소리는 어느새 울음소리로 변했고 울먹임은 걷잡을 수 없는 눈물로 이어졌다. 그때 전화가 울렸다. 영지의 손에 들린 스마트폰에 남자 친구의 이름이 보였다. 아빠는 영지 손에 들린 스마트폰을 낚아채서 전화를 받더니 미친 사람처럼 욕을 퍼부었다. 영지는 그만하라고 소리치고 또 소리쳤다.

"걔가 그런 거 아니야! 그 동영상 엄마 아빠가 생각하는 그런 거 아니야!"

"그게 무슨 말이야?"

아빠의 눈동자가 빠르게 움직였다.

"그거…… 화장실에서 찍힌 거야. 지하철 공중화장실에서."

"뭐라고?"

"남자랑 자면서 찍힌 몰카가 아니라, 화장실에서 찍힌 거라고!"

엄마 아빠는 뒤늦게 알게 됐다. 세상을 무너뜨린 건 자신이었음을. 딸을 욕하고 손가락질한 사람들처럼 자신들 역시 딸을 그런 눈으로 바라보고 있었음을.

"걔는 끝까지 날 믿어 줬어. 다른 사람들이 다 손가락질하고 욕해도 그 애는 안 그랬어. 그 애는 엄마 아빠처럼 그게 무슨 동영상인지 묻지도 않았고, 지레짐작으로 날 더러운 년으로 만들지도 않았다고. 알아?"

"왜…… 왜 말 안 했어……."

"왜 말 안 했냐고? 아빠가 말 못 하게 만들었으니까."

아빠는 조심만 하면 되는 줄 알았다. 그러기만 하면 나쁜 일이 생기지 않는다고, 내 딸은 안전하다고 생각했다. 늘 조심하라고, 늦은 밤엔 혼자 다니지 말라고, 짧은 치마는 입지 말라고 했으며 남자 친구와의 연락을 감시했다. 하지만 그것은 사랑을 빙자한 또 다른 폭력일 뿐이었다.

만일 몸가짐을 똑바로 하라는 말 대신, 늘 조심하라는 말 대신, 왜 그런 짓을 했냐는 말 대신 어떻게 해야 할지 말해 줬더라면, 원하지 않는 상황에서 어떻게 해야 할지, 감당하기 힘든 어려움이 닥쳤을 때 아빠가 늘 곁에 있다는 사실을 알려 줬더라면 딸은 그렇게 혼자 아파하진 않았을 것이다.

아빠는 자신이 딸들을, 가족을 지키고 있다고 생각했지만 사실은 아니었다. 딸은 아빠에게 기댈 수조차 없었다.

"그래도 말했어야지. 그거랑 이게 같아?"

아빠는 남자와 잠을 자다 찍힌 몰카가 화장실에서 찍힌 몰카와는 다르다고 말했다. 그것은 마치 하늘과 땅 차이라는 듯이, 순결하지 못한 것과 순결한 것의 차이는 그런 거라는 듯이.

하지만 영지는 고개를 저었다. 젓고 젓고, 또 저었다. 아빠가 틀렸다.

"아니, 똑같아. 아빠…… 아무것도 변한 건 없어."

"영지야."

"인터넷에 내 몰카가 떠돌고 얼굴도 모르는 사람들이! 내 몸을…… 마음대로 평가하고, 마음대로……."

영지는 잠시 멈칫 말을 멈췄다. 다시 그 일을 떠올리고 그 일을 입에 담는 것은 이제 겨우 스무 살이 된 영지가 감당하기에는 어렵기만 했다. 영지는 다시 숨을 들이쉬고 내쉬었다. 들이쉬고 내쉬고. 영지는 숨을 쉬는 것조차 생각하고 내쉬지 않으면 어느 순간 멈춰 버릴 것만 같았다.

"똑같아 아빠. 나는…… 여전히 갈기갈기 찢어지고 더럽혀지고 아무것도 할 수가 없어."

"영지야……."

"나도 처음엔 그게 다 내 잘못인 줄 알았어. 그러게 왜 칠칠맞게 스타킹에 올이 나가서, 왜 그러고 다녀서 이런 일을 만들었을까……. 나중에는 후회가 됐어. 공중화장실에 들어가지 말걸, 아무리 급해도 조금만 더 참을걸. 무섭고 두려웠어. 아빠, 나 그거 고3 때 찍혔어. 반년이나 모르고 살다가, 인터넷에서 어떤 게 떠도는지도 모르다가 나중에 안 거야. 내 기분이 어땠을 것 같아?
아빠…… 나 너무 무서워. 저 사람도 봤을까, 혹시 날 알아보지 않
을까……. 화장실도 못 가겠고 내 몸이 보이는 것도 무서워."

영지는 눈물을 흘렸다. 영지의 몸은 두꺼운 겨울 점퍼로 가려
져 있었다. 영지의 눈물에 엄마는 차마 말을 잇지 못했다. 엄마는
이제야 영지가 여름방학 내내 수면 잠옷을 입고 있었던 이유를
깨달았다.

"엄마. 나만, 하필 나한테만 이런 일이 일어난 거지? 다른 애들
은 진짜 괜찮은 거지? 솔지는 괜찮겠지? 이런 일 절대 안 겪겠지?"

엄마는 주먹으로 가슴을 쿵쿵 내리쳤다. 커다란 무엇인가가 가
슴 한 편에 걸려 내려가지 않는 것만 같았다. 무거운 바위 덩어리
가 가슴에 자리 잡고 아무 말도 할 수 없게 만들었다. 걱정하지 말
라고, 솔지는 괜찮을 거라고, 절대 이런 일이 일어나지 않을 거라
고 말해 주고 싶었지만 엄마도 알 수 없었다.

"엄마 아빠가 시키는 대로, 사람들이 그렇게 하라는 대로 살면
되는 거지? 열심히 공부하고, 밤늦게 돌아다니지도 않고, 늘 그렇
게 조심하면서 열심히 살면……. 엄마가 그랬던 것처럼 나도 그
렇게 살면 되는 거야? 그럼 아무 일도 없는 거지? 나도, 솔지도,
나중에 생길지도 모를 내 딸들도 그렇게 살면 되는 거지?"

솔지의 말에 엄마는 잠시 말을 잇지 못했다. 그래, 그렇게 살면
된다는 말이 어째서 나오지 않는 것일까. 자신이 그랬던 것처럼

내 딸들도 똑같이 희생하고, 위험을 감수하며 살아야 하는 것일까. 당연히 그래야 한다고 생각했던 것들이 높게 쌓아 올린 탑처럼 아슬아슬하게 휘청거리기 시작했다.

딸들이 정말로 자신과 다를 바 없는 삶을 산다는 것을 알고서야 엄마는 깨달았다. 견고한 줄 알았던 탑이 사실은 보잘것없는 나무로 만들어졌음을, 탑이 무너지고 나서야 그것이 당연한 것이 아니었음을, 지킬 필요가 없는 탑이었음을 깨달았다.

"잘 모르겠어, 엄마. 내가 남자였으면 이런 일은 안 당했을 텐데, 그런 생각이 자꾸 들어. 스타킹 올 나갈 일도 없었을 거고 화장실에 몰래카메라도 없었을 텐데. 내 잘못이 아니라는 걸 아는데, 내가 그런 게 아니라는 거 아는데, 근데 사람들이 자꾸…… 내가 더럽대."

쿵.

엄마와 아빠의 가슴이 내려앉았다.

화장실에 몰카가 있는 줄 알고 일부러 찍힌 것이 아니냐는 소문이 돌았다. 영지는 화장실에 뚫린 여러 개의 작은 구멍이 몰카라는 것을 알지 못했다. 그저 이상하게 구멍이 많다고만 여겼다. 하지만 구멍을 바라봤다는 이유로 사람들은 카메라를 똑바로 바라보는 것을 보니 역시나 돈을 벌려고 이런 것을 찍었다고 했다. 그게 아니면 왜 스타킹을 그렇게 섹시하게 벗는 거냐는 말도 안 되는 말을 아무렇게나 내뱉었다.

"엄마, 나 이제 여자로 사는 거 싫어. 지긋지긋해."

영지는 걸음을 옮겼다. 눈물이 한가득 흘러내린 얼굴은 몹시도 고되고 지쳐 있었다.

"영지야…… 영지야!"

아빠는 딸을 잃고 나서야 깨달았다. 여자에게만 위험한 일이 버젓이 있는데도 피해라, 조심해라는 말만 했었다. 그것이 얼마나 바보 같고 얼마나 어리석은 행동인지 너무 늦게 알았다.

아빠는 언니를 뒤쫓고 엄마는 다리에 힘이 풀린 듯 멍하니 주저앉았다. 솔지는 그런 엄마의 손을 붙잡았다. 솔지의 작은 손이 떨렸다.

"엄마, 무슨 일이 있든 여자라서 다 견뎌야 하는 거야? 세상이 말하는 여자는 그래야 하는 거야?"

솔지의 물음에 엄마는 아무 말도 하지 못했다. 그저 가슴을 치고 눈물을 흘릴 뿐이었다. 솔지는 엄마의 손을 더욱 꼭 잡았다.

"그런 게 여자라면 난 안 할래. 남자나 여자 그런 거 말고 그냥 '나' 할래."

생각해 보면 솔지는 참 많은 것을 꿈 꿨고 많은 것이 하고 싶었지만 그러지 못했다.

여자 혼자 여행하는 것은 위험한 일이라 선뜻 용기를 내지 못했다. 아무리 급해도 혼자서 남녀공용 화장실에 들어가지 못했다.

외부 화장실에 갈 때마다 몰카가 있지는 않을까 두려워했고, 옷차림에 늘 신경 써야 했다. 밤에 이어폰을 끼고 걸을 때는 주변을 잘 살펴야 했고, 친구들과 헤어질 때는 '조심히 들어가'라는 말을 해야 했다.

사람들은 세상이 위험하기 때문에 조심해서 나쁠 것이 없다는 이유로 다시 소녀들에게 많은 것을 포기하라고 할지도 몰랐다. 하지만 솔지는 알고 있었다. 무엇인가를 포기해야 하고 위험을 감수해야 하는 세상이라면 그것은 올바른 세상이 아니라는 것을.

먼저, 미안하지만 저는 페미니스트가 아니라는 것부터 밝혀야 겠습니다. 남성을 혐오하고 권리만을 요구하는 것이 페미니스트 라면 말입니다. 나의 권리를 존중받고 싶다면 다른 사람의 권리 도 존중해야 하지요.

생리, 군대, 임신 등 끝도 없는 싸움이 날 때마다 저는 누가 더 힘든가가 아니라 결국엔 모두가 다 힘든 것이라는 결론을 내렸습 니다. 모두가 힘들다면 내가 더 힘들다고 목소리를 높일 것이 아 니라 둘 다에게 힘들지 않은 방법을 찾아내야 한다는 게 제 생각 입니다.

출판사에서 페미니즘 소설을 써 보면 어떻겠냐는 제안을 받았 을 때 처음엔 당황했어요. 하지만 페미니즘 책을 읽어 보고 그 본 질에 대해 생각하는 시간을 가지고서는 이 글을 쓰기로 결심했습 니다. 적어도 여러분은 제가 겪었던 불쾌한 상황들을 겪지 않기 를 바라기 때문입니다. 여자라는 이유로 화장실을 두려워해야 하 고, 언제든 성범죄의 대상이 되어야 한다면 그건 분명 잘못된 일입니다.

　한 친구가 병원 화장실에서 여자 칸에 몰래 숨어 몰카를 찍던 아저씨와 마주친 이야기를 한 적이 있습니다. 이게 뭐 하는 짓이냐고 따져 묻고 싶었지만, 말문이 막히고 몸이 떨려 아저씨가 밖으로 달려 나가는 동안 아무것도 하지 못했다고 합니다. 얼마나 많은 성범죄가 여성을 타깃으로 이루어지고 있는지 생각해 보면 끔찍할 정도입니다.

　여자로 살면서 변태라 불리는 사람을 한 번도 만나지 못한 사람은 드물 겁니다. 저 역시 고등학교 시절, 정장을 입은 변태 아저씨를 본 적이 있습니다. 아저씨는 아무렇지도 않게 자위를 하고 있었습니다. 그때 저는 누가 목을 조른 것처럼 두려웠어요. 텔레비전이나 영화 속에서 봤던 우스꽝스러운 바바리맨이 현실에서는 전혀 우습지 않았지요.

　몰카와 관련된 많은 뉴스 때문에 화장실에 가면 손잡이나 나사, 이유를 알 수 없는 구멍들을 확인하게 됐습니다. '여긴 없겠지?' 하는 불안한 마음을 감추면서요. 몰카는 범죄라고 써 있는 스티커가 여자 화장실에만 있다는 사실을 알았을 땐 꽤나 당황스러웠습니다.

이 이야기를 쓰면서 남자들의 이야기를 많이 듣고 찾아봤습니다. 그들 역시 할 말이 많았고 저마다의 주장이 있었지만 여성에게 치우쳐진 성범죄 자체가 잘못됐다는 것에는 어떤 이견도 없었습니다. 그리고 성범죄 사건에서 여성이 여성을 혐오하는 시선이 제법 많다는 점도 놀라웠습니다. 이야기 속에서 아린에게 더럽다고 손가락질을 하던 여자아이들처럼요.

짧은 이야기지만 많은 이야기를 하고자 했습니다. 여러분이 이 글을 읽고 어떤 생각을 하게 될지 모르겠습니다. 다만 한 가지 확실한 건 여러분은 조금 더 나은 세상으로 가기 위해 노력하고 있다는 겁니다.

세상을 바꾸는 건 힘든 일입니다. 욕을 먹고 손가락질을 당하고 유난을 떤다는 말을 들을 수도 있지요. 하지만 분명 세상은 조금씩 좋은 방향으로 움직이고 있습니다.

아무쪼록 저는 성별이 나뉘어 싸우는 꼴은 보고 싶지 않습니다. 저는 모두에게 불합리하고 불공평한 일들이 하나씩 차츰차츰 사라지길 원합니다. 서로 싸우고 물어뜯는 건 분노를 만들지만, 서로에게 불공평한 일들을 하나씩 없애다 보면 평화가 찾아올 테니까요.

그러고 보니 저는 평화주의자에 가까운 모양입니다. 여러분의 삶이 부디 평화롭기를. 피-스.

이진

햄스터와 나

이진

서울에서 태어나 대학에서 디자인을 전공했다. 『원더랜드 대모험』으로 제6회 비룡소 블루픽션상을 받으며 등단했으며, 『기타 부기 셔플』로 제5회 수림문학상을 수상했다. 현재와 미래의 틈새에서 힘겨워하는 청소년들의 숨길이 조금이나마 트이기를 바라며 이야기를 쓴다. 지은 책으로 『아르주만드 뷰티 살롱』 등이 있다.

D-1. 신경 쓰이는 그날이 내일부터 시작됩니다.

폰 화면에 생리주기 관리 앱의 알림이 떴다. 달마다 어김없이 돌아오는 지긋지긋한 생리. 다들 생리하는 날을 '그날'이라고 부르는데, 생각해 보면 좀 이상하다. 마치 생리 기간이 딱 하루뿐인 것처럼 들리니까. 무슨 공휴일이라도 되는 양.

남자애들 중에는 정말로 생리를 딱 하루만 하는 줄 아는 애도 있다. 정말 하루만 하고 끝나면 얼마나 좋겠어. 내 생리 기간은 4, 5일 정도로 여자애들의 평균 수준이다. 생리가 끝나도 남은 피가 조금씩 나오는 탓에 하루나 이틀은 팬티라이너를 써야 하니까 정확한 생리 기간은 일주일 정도다. 한 달의 4분의 1, 1년에 세 달을 생리와 함께 보내는 셈이다. 내 친구 중에는 무려 2주 동안 생리하는 애도 있다. 한 달의 절반, 무려 1년의 절반을 생리로 날려 먹는 그 친구에 비하면 난 운이 좋다고 해야 하나.

내일부터 일주일 동안 이어질 생리와의 전쟁을 생각하니 울적해졌다. 생리주기 관리 앱을 제대로 쓰려면 매달 생리가 시작하고 끝날 때마다 날짜를 입력해야 하는데, 이게 은근 귀찮다. 가정 시간에 생리주기 계산법을 배우기는 했지만 앱 쓰기도 귀찮은데 그런 복잡한 계산을 할 수 있을 리가 없다. 게다가 나는 절망적인 수학 고자다.

폰이 모든 걸 알아서 다 해 주면 얼마나 편할까? 아니, 그냥 생리를 안 할 수 있다면 인생이 얼마나 편할까? 첫 생리를 시작한 지 아직 10년도 되지 않았다는 사실이 믿기기 않는다. 앞으로 20~30년은 계속 생리하면서 살아야 한다니 소름이 돋았다.

나는 툴툴거리며 학원 문제집을 펼쳤다. 책상 옆에 놓아둔 플라스틱 통 안에서 박박 긁어 대는 소리가 들려왔다. 햄햄이가 앞니로 플라스틱 통 벽을 긁는 소리였다. 햄햄이는 사촌 오빠한테 받은 드워프종 햄스터다. 우리 집에 데려온 지 일주일이 넘었는데 아직도 새로운 환경이 마음에 안 드는지 툭하면 제집 벽을 긁으며 화풀이를 했다.

일어나서 햄스터 통을 들여다보았다. 몇 시간 전에 가득 채워 놓았던 먹이통이 텅 비어 있었다. 기가 막혀. 햄햄이의 식탐은 생리 직전에 폭발하는 내 식욕보다 한술 더 떴다.

"너도 생리하려고 이래?"

책꽂이 위에 올려 둔 사료 상자를 꺼내며 햄햄이에게 말을 걸었다. 햄햄이는 새까만 비즈 구슬 같은 눈으로 나를 빤히 쳐다보았다. 햄햄이는 암컷이지만 생리를 하지 않는다. 햄스터는 생리를 하지 않는 동물이라고 한다. 참 부러운 인생이라니까. 나는 조심스레 햄스터 통에 손을 넣어 햄햄이를 집어 올렸다. 손아귀에 차오르는 보드랍고 따스한 감촉에 생리전증후군의 우울함을 잠시 잊었다.

햄스터는 참 귀엽다. 손바닥 위에 올려놓으면 밀가루 반죽처럼 사르르 흘러내린다. 손끝으로 등을 살살 쓰다듬으면 그대로 꾸벅꾸벅 졸기도 한다. 사촌 오빠네 집에서 햄햄이를 처음 보자마자 나는 사랑에 빠졌다. 고모가 한 마리 데려가라고 선뜻 말해 줬을 때는 얼마나 신이 나던지.

손안에서 햄햄이가 꿈틀꿈틀 몸부림을 쳤다. 나는 황급히 햄햄이를 내려놓고 먹이를 채워 주었다. 햄햄이는 후다닥 밥통으로 달려가 머리를 집어넣었다. 밥 먹는 햄햄이를 구경하다가 다시 책상으로 돌아가 꾸역꾸역 문제집을 풀었다. 수학은 진짜 싫다. 서민준은 수학 하나만큼은 나보다 잘했는데…….

서민준을 생각하니까 문제집 내용이 하나도 눈에 들어오지 않았다. 나는 문제집을 덮어 버리고 방 창문을 활짝 열었다. 아파트 옆 동 현관 앞에 치킨 배달 오토바이가 서 있었다. 그걸 보니 매콤

달콤한 양념치킨이 못 견디게 먹고 싶어졌다.

저녁밥 대신 치킨 시켜 먹자고 엄마를 졸라 볼까. 하지만 엄마는 요즘 다이어트 중이라 말을 들어주지 않을 게 뻔했다. 그럼 아빠를 꼬드겨야 하는데 아빠는 오늘도 야근이었다. 생리 기간이 다가오면 머릿속은 통제력을 잃어버린다. 식욕이 폭발하고 기분은 널을 뛴다. 뜬금없이 서민준이 생각나는 것도 생리전증후군 탓인지도 모른다.

D-Day.

'그날'의 첫날이 밝았다. 아직 생리는 터지지 않았지만 비상사태를 대비해서 아침에 미리 생리대를 하고 나왔다. 이럴 때는 생리주기 관리 앱이 확실히 도움이 된다.

가랑이에 땀이 차오르는 찝찝한 느낌에 절로 이맛살이 찡그려졌다. 냄새가 날까 봐 향균 소취 기능이 있는 속바지를 챙겨 입었는데 더워도 너무 더웠다. 생리할 때면 같은 반 남자애들이 한층 더 신경 쓰인다. 찐따 같은 자식들이 냄새난다느니 어쩐다느니 헛소리를 주워섬길 때는 한강 물에 빠트려 버리고 싶다.

남자애들은 생리가 오줌이나 땀 같은 건 줄 안다. 서민준이 여자들은 아래쪽에 힘을 주면 생리를 참을 수 있는 줄 알았다고 진지하게 말했을 때 너무 어이가 없어서 그만 배를 잡고 웃어 버리고 말았다. 그때 웃지 말았어야 했는데.

"햄햄이는 잘 있어?"

교실에 도착하자마자 주영이가 말을 걸었다. 덕분에 서민준 생각에서 빠져나올 수 있었다. 주영이와 나는 초등학교 때부터 쭉 베프다. 주영이는 중학교 때부터 햄스터 여러 마리를 길러 온 베테랑 햄스터 집사라 내가 햄햄이를 처음 데려올 때부터 햄스터 관련 지식을 시시콜콜하게 가르쳐 주었다.

"응. 근데 계속 햄스터 통 벽이랑 바닥을 갉아 대."

"톱밥 제때 갈아 주는데도 그래? 귀엽다고 핸들링 너무 자주 하는 건 아니지?"

바로 어젯밤에 햄햄이를 들고 만졌던 걸 떠올리며 나는 속으로 뜨끔했다.

"어, 응. 물이랑 밥도 바로바로 채워 주는데 말이야."

주영이는 심각한 표정을 지었다.

"혹시 햄햄이 배 뒤집어 봤어?"

"배?"

"그래. 배털을 헤집어 보면 젖꼭지가……."

수업 종이 울리는 바람에 우리는 이야기를 멈추고 자리로 돌아왔다. 주영이가 하려던 말의 뒷부분이 못 견디게 궁금했다. 수업이 끝나고 집에 가는 길에 주영이가 마저 설명해 주었다. 어쩌면 햄햄이가 임신했을지도 모른다는 이야기였다. 나는 어안이 벙벙

해져 되물었다.

"혼자서 어떻게 임신을 해?"

"암컷이면 임신할 수도 있지. 햄햄이 원래 합사해서 기르던 애라며?"

"응. 다섯 마리 중 하나였어. 그런데 걔들 전부 한 형제들이라고 사촌 오빠가 그랬는데…… 형제들끼리 임신을 시킨다는 말이야?"

얼굴을 찌푸리며 소리치는 나를 향해 주영이는 뭘 그렇게 오버하냐는 듯 콧방귀를 뀌었다.

"야. 동물이 사람도 아니고 뭘 알겠어?"

반박할 말이 없었다. 아무튼 햄햄이가 임신을 했다면 큰일이다. 집에 가자마자 햄햄이를 자세히 살펴보았다. 확실히 처음 데려온 날에 비하면 배가 많이 부풀어 오른 것도 같았다. 하지만 햄햄이는 언제나 볼이 미어지게 밥을 먹어 대는 녀석이니 알 수 없는 일이었다. 설마 임신한 탓에 밥을 많이 먹는 걸까? 햄햄이의 배털을 헤집어 젖꼭지가 커졌는지 확인해 봤지만 원래 햄스터 젖꼭지가 어떻게 생겼는지를 모르니까 확신할 수 없었다.

나는 너에 대해서 정말 아무것도 모르는구나. 햄햄이를 내려다보며 새삼 반성했다.

"아!"

햄햄이의 배에 닿은 손끝에서 날카로운 통증이 느껴졌다. 햄햄이는 내 손을 야멸차게 물어뜯었다. 송곳처럼 길고 날카로운 앞니에 뚫린 검지손가락에서 순식간에 새빨간 핏방울이 솟아 나왔다. 손가락에 반창고를 붙이기 전에 사진을 찍어서 주영이에게 톡으로 보냈다.

　—처음으로 햄햄이한테 물림. 피 나 ㅠㅠ
　—스트레스받았나 보네. 흠…… 진짜 임신일지도.

　뭐야. '아프겠다'나 '괜찮아?'라는 위로의 말은 어디 가고. 베프보다 햄스터를 더 걱정하는 거야? 주영이는 나보다 훨씬 어른스럽고 키도 크고 공부도 잘하지만 가끔 이렇게 정떨어지게 굴 때가 있다.
　무심코 사진을 서민준한테도 보내려다 황급히 정신을 차렸다. 내 메신저 친구 목록에는 여전히 서민준이 저장되어 있지만 톡을 주고받지 않게 된 지 벌써 열흘이 넘었다.
　왜냐하면 우리는 헤어졌으니까.
　햄햄이에게 물린 손가락이 욱신욱신 아팠다. 나는 햄햄이를 원망스레 노려보았다. 햄햄이는 나야말로 너 때문에 화가 났다는 듯 격렬하게 햄스터 통의 벽을 갉아 대기 시작했다.

　D+2. 예정일이 늦어지고 있어요.

앱에 따르면 오늘은 생리 셋째 날이어야 하지만 내 생리는 아직이었다. 이상한 일이었다. 그동안 내 생리주기는 아주 규칙적이었으니까. 생리 시작 예정일을 정확히 모르더라도 '할 때가 됐군' 하는 기분이 들면 다음 날이나 적어도 이틀 뒤에는 귀신같이 생리가 시작되고는 했다. 엊그제 내 기분은 분명 '슬슬 할 때가 됐군' 상태에 들어갔는데 어째서일까.

"딸! 오랜만에 치킨 시켜 먹을까?"

웬일로 일찍 퇴근한 아빠가 선심 쓰듯 제안했지만 나는 뚱한 표정으로 거절했다.

"아니. 됐어."

아빠랑 엄마가 내일 해가 서쪽에서 뜨려나, 하는 표정으로 나를 쳐다봤다. 나는 방으로 들어가 문을 닫아걸었다. 입맛이 하나도 없었다. 초조해서 손톱을 물어뜯고 싶었다.

왜 생리가 안 나올까. 수면 부족도 아니고 딱히 몸이 아픈 것 같지도 않은데.

짐작 가는 일이라고는 하나뿐이었다. 나는 한 달 전에 있었던 일을 떠올렸다. 그때 나는 아직 서민준이랑 사귀던 사이였다. 사귄 지 200일째 되는 날이었고 토요일이었다. 우리는 종종 놀러 가는 대학교 앞에서 200일 기념 데이트를 했다.

나랑 서민준은 같은 중학교를 나왔다. 그때 우리는 그냥 친구 사이였다. 각각 다른 고등학교로 배정을 받으면서 서민준이랑 다시 어울릴 일은 없으려나 했다. 그러다 새로 등록한 영어 학원에서 우리는 운명처럼 다시 만났다. 고등학생이 된 서민준은 키가 훌쩍 자랐고 피부도 좋아지고 말투도 차분해졌다. 솔직히 조금, 괜찮아 보였다.

작년 크리스마스이브 날 서민준은 나에게 좋아한다고 고백했고 바로 다음 날부터 우리는 사귀기 시작했다. 갓 사귀기 시작했을 때 내 모의고사 평균은 3등급, 서민준은 2등급이었다. 나는 우등생이나 모범생은 아니지만 노는 부류도 아니었다. 최대한 열심히 공부해서 인서울 대학에 붙는 게 인생 최대 목표인, 딱 그만큼 평범한 애였고, 그건 서민준도 마찬가지였다.

그날 우리는 데이트할 때 종종 갔던 멀티방에 갔고 거기서 스킨십을 했다. 사귄 뒤로 우리는 스킨십을 몇 번 하기는 했지만 이른바 선을 넘은 적은 한 번도 없었다. 그런데 그날은 달랐다. 우리는 지난 200일 동안 아슬아슬하게 지켜 왔던 선을 넘어 버렸다.

사고를 치고 며칠 지나 중간고사 기간이 시작됐다. 시험을 마치고 다시 만난 서민준은 우울한 얼굴로 중간고사를 완전히 망쳤고 성적 때문에 야단치는 아빠한테 대들었다가 태어나서 처음으로 따귀를 맞았다고 했다. 어쩐지 내 탓을 하는 것처럼 들려서 나는 상당히 기분이 나빴다. 나야말로 성적이 떨어져서 엄마한테 눈물 쏙 빠지게 잔소리를 들은 참이었으니까. 그날 우리는 사귄 뒤로 가장 크게 다퉜다.

먼저 헤어지자고 말한 건 나였다. '너랑 사귄 거는 내가 살면서 한 일 중에 최고로 후회되는 일'이라고 내쏘았다. 솔직히 진심은 아니었지만 그때는 서민준에게 상처를 입히고 싶었다. 나한테 차인 뒤에도 서민준은 계속 연락했지만 나는 절대 받아 주지 않았다.

이별한 뒤에는 나도 며칠 동안 잠을 설칠 만큼 우울했지만 주영이와 다른 친구들이랑 어울리는 동안 조금씩 마음이 가라앉았다. 이제는 거의 다 잊었다고 말할 수 있을 만큼 회복했는데…….

임신한 거면 어쩌지. 두려움이 밀어닥쳤다. 내가 서민준이랑 끝까지 간 건 부정할 수 없는 사실이었으니까. 하지만 그 일은 정말 눈 깜짝할 새에 끝나 버렸는걸. 배란기도 아니었고. 그 정도로 임신이 될 수 있을까? 분명한 사실은 그날 서민준이 콘돔을 끼지 않았다는 거다. 왜냐하면 개도 나도 처음부터 그럴 작정은 아니었으니까, 그래서 미리 준비할 필요도 느끼지 못했다. 그게 잘한 짓이라는 건 아니지만…….

머릿속이 어지러웠다. 햄햄이가 햄스터 통 벽을 갉아 대는 소리가 유난히 크게 들려왔다. 햄스터 집에 무릎 담요를 덮어씌우고 이어폰으로 귀를 틀어막았다. 현실에서 도망치고 싶었다.

생리 예정일 넷째 날.

오늘도 내 생리대에는 여전히 아무것도 묻어 나오지 않았다. 깨끗한 생리대를 이리저리 살펴보고도 성이 차지 않아 손끝으로 생리대 표면을 만져 보기까지 했다. 생리혈은커녕 냉 한 방울도 나오지 않았다. 도대체 내 몸은 어떻게 되어 가고 있는 걸까. 불안 해서 머리가 이상해질 것만 같았다. 부엌에서 엄마가 모닝커피를 내리는 소리가 공포영화에서 전기톱 돌아가는 소리처럼 무시무 시하게 들려왔다.

서민준이랑 사귀고 50일을 넘겼을 때였다. 나는 밥을 먹다가 은근슬쩍 엄마 아빠에게 연애에 관한 이야기를 꺼내 보았다.

"연애? 너도 남자 친구 사귀니?"

엄마는 아무렇지 않은 것처럼 말했지만 부지런하게 국그릇을 오가던 숟가락이 잠깐 멈추었다.

"아니, 뭐. 내 얘기는 아니고."

나도 모르게 어깨에 힘이 들어가며 거짓말이 나왔다. 엄마는 내 속내를 떠보려는 듯 은근한 투로 말했다.

"왜 요즘 어지간한 애들은 다 연애한다며?"

"아, 진짜. 내 얘기 아니라니까!"

"수상한데? 남친 있으면 한번 데려와 봐. 엄마가 봐 줄게."

얼굴이 확 달아올랐다. 아, 진짜 창피하게. 입을 꾹 다물고 젓가 락으로 콩자반을 마구 헤집는데 갑자기 아빠가 버럭 소리쳤다.

"뭣이라? 누가 우리 딸을 건드려?"

"어머 깜짝이야. 당신 왜 오버하고 그래? 촌스럽게."

엄마가 킥킥거리며 뭐라고 하자 아빠는 무안해하기는커녕 한

층 더 오버했다.

"오버라니. 어느 집 망아지 같은 놈이 감히 내 거를 넘봐, 엉?"

순간 속이 울렁거리며 뒷덜미에 소름이 쭉 끼쳤다. '난 아빠 거가 아니거든?' 나도 모르게 정색하면서 소리 지를 뻔했다. 흥분해서 콧바람을 내쏘는 아빠가 참을 수 없이 징그러웠다. 아빠가 진심으로 화를 내는 게 아니라는 걸 알면서도 마음이 차갑게 식었다.

'나 지난 주말에도 서민준하고 키스했거든? 내가 그러고 들어온 줄도 모르고 소파에 누워 텔레비전이나 보고 있었던 주제에 내가 자기 거라니. 바보 아냐?'

그랬던 시절이 무색하게도 지금 나는 엄마 아빠를 생각하면 오금이 저려 죽을 것 같다. 엄마랑 아빠가 내가 서민준이랑 그런 짓을 했다는 사실을 알면 어쩌지. 상상만 해도 눈앞이 아찔했다. 엄마는 충격받고 아무 말도 못 할 것 같고, 아빠는 서민준을 가만두지 않겠지.

아빠가 서민준네 집에 찾아가 성난 황소처럼 날뛰는 장면을 상상해 보았다. 아빠는 싹싹 비는 서민준에게 온갖 욕을 퍼붓고 서민준네 부모님에게도 큰 소리로 항의하겠지. 상상 속에서 나는 전혀 통쾌하지도 즐겁지도 않았다. 내 몸에 일어난 문제인데 정작 나는 아무 일도 할 수 없다는 사실이 비참하게만 느껴질 뿐이었다.

내 몸에 대한 궁극적인 책임은 엄마 아빠에게 있다. 나는 자식이고 미성년자니까 그게 당연한 일이라는 건 안다. 하지만 당연한 일이기에 더 자존심이 상한다는 걸 엄마 아빠는 모른다. 그걸 모르니까 내가 자기 거라는 둥 함부로 말하는 거다. 마치 자신들은 한 번도 고등학생이었던 적이 없었던 것처럼. 과거를 전부 잊어버렸거나 잊어버린 척하는 어른들을 나는 늘 뻔뻔스럽다고 생각했다.

서민준과 사귀었던 건 그저 반항심 때문이었을지도 모른다. 어디까지나 이제 와 돌이켜 보면 그렇다는 말이다. 처음 서민준에게 좋아한다는 고백을 듣고 사귀기로 했을 때 내가 어떤 감정이었는지 지금은 솔직히 기억이 잘 나지 않는다. 누군가를 좋아하거나 미워하는 마음은 처음 감정을 느꼈던 순간의 뜨거움이 무색할 만큼 쉽게 변하거나 희미해진다. 시간이 흐를수록 마음이 더 깊어지기도 한다지만 아직 나는 내 또래 남자애들을 상대로 그렇게 깊은 감정을 느껴 본 적은 없다.

그 애를 좋아하지 말았어야 했을까? 학생답지 못한 짓을 저지른 죗값을 치르는 걸까? 이제 와서 후회하고 곱씹어 봤자 아무 소용 없다는 걸 알면서도 마음이 괴로웠다.

나는 한심하다. 서민준도 한심하다. 문득 나 혼자만 이렇게 괴로워하고 있다는 사실이 부당하게 느껴졌다. 이건 나 혼자만의 문제가 아니니까 서민준한테 말해야만 한다. 우리는 이미 헤어진 사이지만, 지독하게 부끄럽고 어려운 이야기지만, 그래도.

종일 머리를 싸매고 고민하다가 한밤중이 되어서야 서민준의 메신저 프로필을 누를 수 있었다. 커다랗게 확대된 서민준의 프로필 사진을 본 순간 액정 위에서 손가락이 얼어붙었다. 어제까지만 해도 변함없었던 서민준의 프로필 사진이 바뀌어 있었다. 서민준네 학교 교복을 입은 낯선 여자애와 딱 붙어서 찍은 셀카였다.

아무래도 서민준은 새 여자 친구를 사귄 것 같았다. 나랑 헤어진 지 한 달도 안 되었는데 어떻게 이럴 수 있지? 나쁜 자식. 배신 감에 손이 와들와들 떨리고 눈물이 솟았다. 폰을 움켜쥐고 눈물을 삼키던 나는 못 미더운 서민준보다 믿음직한 베프에게 먼저 털어놓기로 마음먹었다.

— 나 사고 친 거 같아.

주영이에게 다짜고짜 톡을 보냈지만 일찍 잠들었는지 톡을 확인하지 않았다. 나는 밤새도록 인터넷에서 혼전 임신에 관한 내용을 검색했다. 지식인 사이트에는 중고등학생들이 올린 임신 관련 고민 상담글이 어마어마하게 올라와 있었다. 상담 내용은 하나같이 멍청하기 짝이 없는 말투로 쓰여 있었다. 나도 그 멍청하기 짝이 없는 아이들 중 하나일 뿐이었다.

임신했다면 어떻게 해야 할까. 막연한 생각에 아기를 낳아 기른다는 결론밖에는 당장 떠오르는 게 없었다. 배가 풍선처럼 부풀어오른 내 모습을 상상해 보았다. 일단 상상 자체가 잘되지도 않는 건 둘째 치고, 정말 이상하고 불편할 것 같았다.

출산은 죽는 것만큼 아프다는데 내가 그 고통을 견뎌 낼 수 있을까? 어떻게든 낳았다 쳐도 태어난 아기를 어른이 될 때까지 키워야 할 텐데. 잠깐, 아기를 낳고 키우려면 먼저 결혼을 해야 하잖아. 고등학생끼리 결혼할 수 있나? 어디서 들은 기억으로는 학교 다니다가 애 낳으면 자퇴를 해야만 한다는데. 인터넷에서 알아보자. 다행히 그건 아니라네. 그럼 임신한 상태로 학교를 다녀야 하는데 과연 가능할까? 애들한테 창피해서 학교에 어떻게 다녀? 교복 치마가 몸에 맞기는 할까? 학교에서 갑자기 배가 아프면 어떡해?

어찌어찌 서민준이랑 결혼해서 아기를 낳았다고 치자. 아기를 키울 돈은 누가 벌지? 서민준이? 수능은 어떻게 하고? 수능 포기하고 바로 취업을 하면 될까? 고졸은 좋은 회사 못 들어간다고 귀에 딱지가 앉도록 들었는데……. 그럼 서민준이 버는 돈만으로는 모자랄 수도 있으니까 나도 취업해서 일을 해야겠지? 우리가 맞벌이하는 동안 아기는 누가 키워 주지? 우리 엄마? 엄마도 회사 다녀야 하는데? 서민준네 엄마도 학원 선생님으로 일하시는데?

의문이 끝없이 꼬리를 물고 이어지는 바람에 눈앞이 깜깜해졌다. 고등학생 신분으로 결혼해서 아기를 낳는 게 과연 현실적으

로 가능한 일인지 의심스러워졌다. 당장 부모님에게 사실을 털어
놓는 것조차 못 하겠는데 말이다.

그리하여 결국 도저히 아기를 낳을 수 없게 된다면…… 남은
선택지는 하나뿐이었다.

낙태. 나는 태어나서 처음으로 그 무시무시한 두 글자를 인터
넷 검색창에 입력했다. 인터넷에서 낙태라는 단어를 검색하면 제
일 꼭대기에 낙태죄에 관한 설명이 나왔다.

임신한 부녀가 약물을 이용하거나 기타 방법으로 스스로 낙태한 때에는
1년 이하의 징역 또는 200만 원 이하의 벌금에 처한다.

화면 가득히 쓰여 있는 기나긴 법률 조항을 끙끙대며 읽고 내
린 결론은 우리나라에서 낙태는 불법이라는 사실이었다.

한국에서는 태아에게 유전적 장애가 있거나, 강간을 당해서 임
신했거나, 친인척 간의 관계로 임신됐거나, 임신 때문에 임신부의
건강이 심각하게 나빠졌다는 것을 증명해야만 합법적으로 낙태
할 수 있다. 불법 낙태를 한 임신부는 징역 1년 이하의 벌을 받고
낙태를 도와준 의사도 함께 벌을 받는단다. 한 사람이 낙태하면
두 사람이 전과자가 된다. 무시무시했다.

불법임에도 꼭 낙태해야만 한다며 상담을 요청하는 여자들의
글에는 종종 이상한 스팸광고 같은 댓글이 달려 있었다. 그런 댓

글 중 하나를 따라가 보니 외국에서만 판다는 낙태약을 홍보하는 수상쩍은 블로그가 나왔다. 우리나라에서 합법적으로 낙태 수술을 받기는 정말 어려워서 임신 초기에는 주로 약으로 낙태를 한다는 것 같았다. 물론 그 약을 사 먹는 것도 불법이었다. 약값이 수십만 원이나 하는 건 다음 문제였다.

어떤 낙태약 사이트에는 가짜 낙태약을 조심하라는 엄중한 경고 문구가 쓰여 있었다. 내가 본 수상쩍은 블로그 같은 곳에서 가짜 낙태약을 사 먹었다가는 상상도 할 수 없는 부작용이 일어날지도 모른다고 생각하니 등골이 쭈뼛해졌다.

거기까지 살펴본 나는 인터넷 검색 기록 내역을 전부 지웠다. 야동 사이트를 훔쳐 보기라도 한 것처럼 가슴이 마구 뛰었다. 낙태에 관한 정보를 알아보는 과정은 포르노나 도박 사이트 같은 위험한 정보를 찾는 과정과 비슷했다. 다 같은 불법이니 어쩔 수 없는 일이었다.

1학년 때, 우리 반에서 좀 놀던 여자애가 방학 동안에 사고를 쳐 낙태 수술을 받고 왔다는 소문이 돈 적이 있었다. 남자애들은 그 애를 걸레라고 욕했고 여자애들은 멍청하다고 비웃었다. 결국 그 애는 학기 중에 전학을 갔고 소문은 사실로 굳어졌다.

그때 나는 내가 그 노는 애랑 같은 꼴이 되리라고는 꿈도 꾸지 않았다. 학교에 내가 임신했다는 소문이 돌면 어떻게 될까. 나도 개처럼 머리가 텅텅 빈 걸레라고 욕을 먹고 전학을 가게 되겠지.

당연히 대학에도 떨어질 테고. 부모님은 나 때문에 창피해서 얼굴도 못 들고 다니겠지. 한순간의 실수 때문에 내 인생은 철저하게 망해 버리겠지.

내가 저지른 일이 얼마나 큰 실수인지 뼈저리게 느껴졌다. 점점 커져 가는 불안을 나 혼자 간직하는 것이 무서워졌다.

밤을 꼴딱 지새우고 학교에 갔다. 학교에 가자마자 주영이가 내 자리로 달려왔다.

"너 괜찮아?"

걱정하는 말을 듣는 순간 나도 모르게 눈물이 터졌다. 입술을 깨물고 어깨를 들먹이는 나를 아이들이 이상한 눈으로 쳐다봤다. 주영이는 허둥지둥 나를 데리고 교실 밖으로 나갔다. 우리는 인적이 뜸한 학교 뒤편 분리수거장에서 이야기를 나누었다. 내 이야기를 끝까지 들은 주영이가 목소리를 잔뜩 낮추며 물었다.

"콘돔 안 썼어?"

나는 죄인처럼 입을 다물고 고개만 끄덕였다. 죽을 만큼 창피했다.

"네 전 남친 완전 쓰레기 아냐?"

주영이는 대뜸 서민준부터 욕했다. 그 말을 듣자 지난 밤새 꽉막혀 있던 숨통에 작게나마 숨구멍이 뚫리는 것 같았다. 역시 주영이한테 털어놓기를 잘했다고 생각하며 나는 조심스레 말했다.

"우선 걔한테 말부터 해야겠지?"

"당연한 거 아냐?"

"엄빠한테는 뭐라고 말하지?"

부모님 얘기를 꺼내자 늘 어른스러운 주영이의 얼굴에 난감한 기색이 비쳤다. 엄마 아빠를 생각하니 또다시 눈물이 터질 것 같았다. 주영이는 내 팔을 꼭 잡아 주며 말했다.

"야, 우선 침착해. 인터넷 찾아보니까 생리 일주일 늦어지는 것까지는 정상이라는데? 일주일 지났어?"

"그건 아닌데. 나 이렇게까지 생리 늦어진 적이 한 번도 없었어."

"그럼 일단 임신 맞는지 확실하게 알아보고 나서 뭘 해야 하지 않나?"

주영이의 말이 옳았다. 정확한 임신 여부를 알려면 임신 테스트부터 해야 했다. 임신테스트기는 개당 3,000원 정도로 약국이나 다이소에서 신분증 없이 누구라도 살 수 있었다. 그리고 보니 다이소 계산대 앞에 우스꽝스러운 이름의 임신테스트기들이 진열되어 있던 기억이 났다. 설마 그걸 내가 사서 쓰리라고는 상상도 못 했지만.

"마지막 관계에서 2주 지난 뒤에 테스트해야 정확한 결과를 알 수 있대. 2주 지난 거 맞아?"

주영이는 끊임없이 폰으로 폭풍 검색을 하면서 나에게 물었다. 나는 콧물을 훌쩍이며 고개를 끄덕였다.

"응. 2주는 확실히 지났어."

"아침에 일어나서 처음 보는 소변이 제일 정확하다는데."

"아침 첫 소변이면…… 집에서 검사하라고? 미쳤어? 엄빠한테 들키면 어떡해."

나는 새빨갛게 달아오른 얼굴로 소리를 질렀다. 주영이는 심각한 표정으로 말했다.

"그러면 꾹 참았다가 공중화장실에서 검사해야 하나?"

맙소사. 앞으로 내가 거쳐야 할 난관은 한두 개가 아니었다. 수업을 마치고 나랑 주영이는 다이소로 향했다. 우리 학교 앞에 있는 동네 단골 다이소가 아니라 시내버스를 타고 다섯 정거장을 가야 하는, 옆 동네 다이소가 우리의 목적지였다.

다이소 현관문 앞에 선 나는 눈앞이 아찔해졌다. 가슴 속에서 심장이 자그마한 햄스터 심장처럼 터질 듯이 발딱거렸다. 주영이가 손을 잡아 줘서 간신히 가게 안으로 들어갈 수 있었다. 가게에 들어가기 전 나는 교복 블라우스 위에 걸쳐 입고 온 후드 재킷의 모자를 깊숙이 뒤집어썼다.

다이소 안에는 다른 학교 애들이 쇼핑하고 있었다. 거의 다 여자애들이었지만 남자애도 두어 명 있었다. 어른들도 많았다. 나는 기어드는 목소리로 주영이에게 말했다.

"도저히 안 되겠어. 애들이 너무 많아."

"우리 학교 아니잖아. 후딱 사 들고 나가면 아무도 모를 거야."

"우리 중학교 출신 있을지도 모르잖아."

가게 안에 있는 아이들이 전부 내 얼굴만 쳐다보는 것 같았다. 게다가 계산대에 버티고 있는 직원 아줌마들. 임신테스트기를 사려면 그 사람들을 피할 수 없었다. 그분들 중 엄마랑 같은 학교를 나왔거나, 엄마랑 어렸을 때 같은 동네에 살았던 아줌마가 한 명도 없으리라는 보장이 어디 있냐고.

우리는 두 시간 넘게 서성거리기만 하다가 결국 임신테스트기를 사지 못하고 다이소를 나왔다. 집으로 돌아가는 길은 한없이 멀었다. 우리는 다음에는 사복을 입고 가기로 하고 헤어졌다. 엘리베이터를 타고 올라가는데 주영이가 보낸 톡이 도착했다.

— 내일은 그거 꼭 사자. 늦어질수록 안 좋잖아.

숨이 턱 막혔다. 주영이 말대로 대응이 늦어질수록 배 속에 들어 있는 아기는 점점 더 커질 테고 더불어 내가 치러야 할 대가도 커지겠지.

나는 왜 연락도 없이 늦었느냐고 야단치는 엄마에게 아무 대꾸도 하지 않고 방 안에 틀어박혔다. 엄마는 자기 딸이 오늘 밖에서 뭐 하다 왔는지 꿈에도 모를 것이다. 내가 짊어진 비밀의 무게는 시시각각 무거워져 갔다.

손바닥으로 아랫배를 살짝 만져 보았다. 보통 때와 다름없이 홀쭉한 배에서는 아무런 감촉도 느껴지지 않았다. 이 안에서 생명이 몸을 불리고 있을 수도 있다니, 죽어도 믿을 수 없어.

"너는 이제부터 네 몸을 더욱 소중하게 여겨야 해."

초등학교 5학년 여름방학에 첫 생리를 시작한 나에게 엄마는 그렇게 말했다. 속옷에 묻은 검붉은 핏자국을 내려다보며 나는 내 몸이 무척 낯설었다. 그런 와중에 몸을 소중히 여기라는 엄마의 당부는 별 설득력이 없었다. 아기를 만들 수 있는 몸이 되었기 때문이라지만 나는 딱히 '아기가 생길 일을 한 적도 없고 앞으로 할 생각도 없는데 왜?'라는 의문만 들었다.

그건 나 자신이 침해당하는 기분이었다. 내 몸을 소중히 여기라는 축복의 말이 오히려 내 몸에 대한 나의 권리를 침해하는 것처럼 들리는 건 모순이었다. 정말로 소중한 건 여자의 몸일까, 여자의 몸속에 있는 아기일까? 아기를 원하지 않거나 아기를 가질 수 없는 여자의 몸은 소중하게 여길 가치가 매겨지지 않는 걸까?

어쨌거나 나는 나를 소중하게 지키지 못했다. 내가 잘못한 건 맞지만 몸을 지키지 못한 여자가 치러야 하는 대가는 지나치게 큰 것 같았다. 우리나라에서 낙태한 여자는 범죄자가 된다. 몸을 소중히 여기지 못한 죄로, 설령 그게 자신의 몸이라고 해도.

왜 여자만 벌을 받아야 하는 걸까? 죄는 타인에게 해를 끼칠 때 성립하는 게 아니었나? 배 속 아기라는 타인에게 살인죄를 지었다는 걸까? 그래도 여전히 의문은 남는다. 여자랑 같이 아이를 만든 남자들은 벌을 받지 않으니까. 더군다나 여자의 낙태를 도와준 의사가 함께 벌을 받는다는 건 아무리 생각해도 이상하고 불공평한 일이었다.

역시 서민준한테 말하고 따져야겠어. 임신테스트기도 서민준한테 사 오라고 해야지. 나는 범죄자, 전과자가 될지도 모르는 판국인데 아무것도 모르고 태평하게 있을 서민준을 생각하니 화가 치솟았다. 내가 오늘 다이소에서 얼마나 창피하고 무서웠는지 그 자식도 알아야만 해. 나는 메신저를 열었다. 한마디로 홧김이었다. 홧김이 아니었다면 영영 못 했을지도 모르는 일이었다.

"아, 씨발!"

서민준이 새 여자 친구과 찍은 셀카를 보자 나도 모르게 욕이 튀어나왔다. 화가 나서 참을 수 없었다. 나는 눈앞에 서민준과 서민준의 새 여자 친구가 서 있다고 상상하며 손에 잡히는 물건을 마구 집어 던지기 시작했다. 문제집을 던지고 방석을 던지고 화장품 파우치도 냅다 던졌다.

허공을 가르며 날아가는 화장품 파우치에서 화장품들이 와르르 쏟아지며 립밤 하나가 무릎 담요를 씌워 둔 햄스터 통 위로 떨어졌다. 통 안에서 찍찍하고 날카롭게 울부짖는 소리가 울렸다. 나는 내가 한 짓에 놀라서 그만 얼어붙었다.

햄햄이를 살피려고 뚜껑을 열었다가 소스라치게 놀랐다. 가만 엎드려 있는 햄햄이 앞쪽 톱밥 속에 불그레한 빛깔의 젤리 같은 것들이 엉겨 붙어 있었다. 그것들은 젤리가 아니라 갓 태어난 햄스터 새끼들이었다. 햄햄이가 새끼를 낳은 것이다.

햄햄이의 새끼는 모두 다섯 마리였다. 나는 허둥지둥하다가 우선 새끼들의 사진을 찍어 주영이에게 보냈다. 주영이는 햄햄이에게 절대 스트레스를 주면 안 된다고 신신당부했다. 갓 출산을 마친 햄햄이가 힘들 것 같아서 사료를 한가득 부어 주고 부랴부랴 햄스터 집에 무릎 담요를 씌웠다. 담요 밑에서 끊임없이 찍찍거리는 소리가 들려왔다. 한없이 연약하고 가느다란, 그러나 절실하게 들리는 소리. 갓 태어난 새끼들의 울음이었다.

내 방에 사는 생명은 하루아침에 둘에서 일곱으로 늘어났다. 비좁은 플라스틱 통 속에서 혼자 새끼를 낳은 햄햄이. 그 작은 몸 안에 아기들을 다섯 마리나 품고 있었다니. 미리 알았더라면 톱밥이라도 한 번 더 갈아 줬을 텐데. 나는 햄햄이를 제대로 돌보기는커녕 화가 난다고 물건을 집어 던지기까지 했다.

나는 무책임하고 철없고 멍청하다. 내 몸뚱이 하나 책임지지 못하는 주제에 반려동물을 기르는 쓰레기다. 방금까지 내 마음을 활활 태우던 분노의 불길은 허무하게 사그라들었다. 햄햄이와 새끼들에게 너무 미안했다. 역시 나는 벌받아 마땅한 애인지도 모른다는 생각에 가슴이 쓰렸다.

여섯째 날.

나의 생리는 여전히 감감무소식이었다. 일주일의 유예 기간도 내일이면 끝난다. 오늘은 정말로 임신테스트기를 사서 검사해야만 한다. 그리고 서민준에게도 사실을 전해야만 한다.

대화창을 내려다보았다. 서민준의 사진을 보면서 어젯밤처럼 화가 솟구치는 않았다. 그저 두려움에 가슴이 미어질 뿐이었다. 들이쉬었던 숨을 힘겹게 내쉬고 서민준에게 톡을 보냈다.

―할 말 있어.

숫자 '1'이 곧장 사라지지 않았다. 나는 초조한 마음으로 대화창을 지켜보았다. 얼마나 시간이 지났을까.

―?

물음표 하나만 덜렁 날아왔다. 뭐야, 이 성의 없는 대답은? 머리에 피가 확 몰렸다.

―나 생리 끊겼어. ㅂ일째야. 어쩔 건데?

이번에는 숫자 1이 곧바로 사라졌다. 한동안 답톡이 오지 않는 걸 보니 서민준은 제대로 충격을 받은 모양이었다. 네가 충격받아 봤자 나만 하겠어? 도깨비처럼 눈을 부릅뜨고 대화창을 노려보았다. 잠시 후 답장이 왔다.

— 그게 무슨 말이야?

이번에는 진짜 부서져도 상관없다는 마음으로 폰을 집어 던지려다가 지금 있는 곳이 마을버스 안이라는 사실을 깨닫고 간신히 화를 참았다.

수업을 마치고 우리 학교와 서민준네 학교의 중간 지점에 있는 맥도날드에서 서민준을 만났다. 오랜만에 만난 서민준은 살이 조금 빠진 것 같았다. 서민준의 책가방에 처음 보는 핑크색 토끼 캐릭터 열쇠고리가 달려 있었다. 뭐야, 저 유치한 건. 혹시 새 여자 친구한테 받은 선물일까? 이런 상황에 이런 생각이나 하는 내가 정말 싫다.

나는 술렁이는 속마음을 티 내지 않으려고 팔짱을 끼고 최대한 침착하고 냉정한 태도로 서민준을 바라보며 말했다.

"생리 끊겼다는 게 무슨 뜻인지 몰라서 물어?"

"미안. 무슨 뜻인지 몰라서 그런 게 아니라 너무 놀라서 그랬어."

서민준은 순순히 사과했다. 조금 김이 새면서 팔짱 낀 팔에 힘이 빠졌다. 막장 웹툰의 무개념 주인공 커플이 된 기분이었다. 나는 주변을 의식하면서 서민준에게 말했다.

"임신테스트기 좀 사 와."

최대한 당당하게 명령하고 싶었는데, 혹시나 남이 들을까 봐 최대한 작은 목소리로 속삭였더니 내 목소리가 무척 약하고 비굴하게 들렸다. 서민준은 눈을 휘둥그레 뜨며 되물었다.

"내가?"

"그래. 약국이나 다이소에서 팔아."

"응. 알았어."

서민준은 순순히 일어나서 책가방에서 지갑을 꺼내 들고 맥도날드를 나갔다. 맞은편에 있는 약국을 향해 휘적휘적 걸어가는 서민준의 등짝을 바라보고 있자니 조금 미안한 마음이 들었다. 아니지. 내가 왜 미안해? 쟤가 당연히 이 정도는 해야지.

몇 분 뒤 서민준은 까만 비닐봉지를 들고 맥도날드로 돌아왔다. 이렇게 간단한 일을 그렇게 힘겨워했던 내가 바보처럼 느껴졌다. 한편으로 마음이 놓이기도 했다. 진작 서민준한테 털어놓았다면 좋았을걸 하는 후회마저 들었다. 3,000원밖에 안 하는 임신테스트기가 뭐라고.

우리는 맥도날드를 나가 사람들의 눈이 닿지 않는 후미진 건물 틈새로 숨어들었다. 나는 주변에 사람이 없는지 몇 번이나 거듭 확인한 다음에 비닐봉지에서 임신테스트기 상자를 꺼냈다. 심장이 세차게 뛰었다. 뒷골목에서 마약 거래를 하는 영화 속 범죄자가 된 기분이었다.

"이거 어떻게 쓰는 거야?"

"리트머스종이처럼 쓰는 거야. 소변 묻히고 기다렸다가 한 줄 뜨면 임신 아님, 두 줄 뜨면 임신."

"두 줄이면 어떡하지?"

서민준은 걱정스럽게 중얼거렸다. 우리는 근본적인 문제에 부딪혔다. 만일 임신한 게 맞다면 아무래도 낙태를 해야 할 것 같다는 말이 차마 입에서 떨어지지 않았다. 밤새도록 낙태에 관해 알아보고 고민했으면서 나는 정작 그 말을 입에 올릴 수 없었다. 그 말을 입 밖으로 내는 순간 얼굴 한복판에 영원히 지워지지 않는 낙인이 찍힐 것만 같았다. 그래서, 아무 상관도 없는 말을 하는 수밖에 없었다.

"너…… 여친 사귄 거 아냐? 프사 봤어."

서민준은 잠깐 내 눈치를 보다가 고개를 끄덕였다. 빠르게 고동치던 심장이 차갑게 굳었다. 역시 그랬군. 서민준은 어물어물 말했다.

"진짜 임신이면 어쩌지. 우리, 결혼해야 하나?"

"부모님들이 허락해 주실까? 애 키울 돈은 어떻게 벌 건데?"

내 질문에 서민준은 머리를 긁적이며 중얼거렸다.

"대학 포기하고 취업하면 어떻게든……."

"그게 말처럼 쉽겠어?"

나는 퉁명스럽게 쏘아붙였다. 속으로는 정말 말처럼 쉬운 일이었으면 좋겠다고 생각하면서도.

"그럼…… 아기는 어떡해? 지워?"

차마 할 수 없었던 말을 서민준의 입으로 듣는 순간 톱밥 속에 젤리처럼 엉겨 붙어 있던 햄햄이의 새끼들이 떠올랐다. 내 배 속에 들어 있는 아기도 이제 그만큼 커졌을지도 몰라.

두려움은 순식간에 죄책감으로 진화했다. 죄책감은 내 가슴을 가득 메우고 온몸을 채워 숨통을 틀어막았다. 나는 얼버무리듯 힘겹게 대답했다.

"어쩔 수 없다면 그래야 할지도……."

"엄청 힘들 것 같은데. 불쌍하기도 하고."

순간 뱃속에서 뜨거운 것이 욱하고 치받혀 올라왔다. 나도 모르게 목소리가 떨렸다.

"불쌍하다니? 지금 누가 불쌍하다는 거야?"

"그…… 수술받으면 아기는 죽잖아. 그러니까……."

주먹에 힘이 들어갔다. 나는 서민준을 노려보며 소리 질렀다.

"누가 그걸 모르는 줄 알아? 네가 그런 말 할 자격이 있다고 생각해?"

서민준은 입을 떡 벌렸다. 그 애가 뭐라 대답하기도 전에 나는 돌아서서 냅다 뛰었다.

화를 터뜨렸지만 속은 풀리지 않았다. 화를 내려고 서민준을 불러낸 게 아니었다. 부모님께 비밀로 한 채 나 혼자서만 모든 것을 감당하는 게 무서워서, 나 혼자서는 도저히 아무것도 결정할 수 없을 만큼 무서워서, 의지하고 싶어서 불러낸 거였다. 여자인 나도 이런 상황에 빠져들기 전에는 임신과 낙태에 관해 거의 아무것도 몰랐다. 하물며 남자인 서민준한테 나는 뭘 기대했던 걸까? 내가 개량 결혼 같은 걸 한 사이도 아닌데 뭘 어쩌자고? 두 배로 불어난 외로움과 두려움이 나를 아프게 후려쳤다.

불공평해. 나는 이미 세상에 태어나 16년을 살았는데, 아직 태어나지도 않은 존재가 더 불쌍하고 더 소중하게 여겨지는 건 아무리 생각해도 불공평해. 하지만 이런 말을 입 밖에 낼 수는 없었다. 제일 친한 친구인 주영이에게조차도 말할 수 없었다. 자기 실수로 임신했거나 했을지도 모르는 여자 고등학생에게 허용된 감정은 단 하나, 죄책감뿐이었다.

나는 누구보다도 뼈아프게 그 사실을 받아들이는 중이었지만, 그럼에도 어쩔 수 없이 그 사실이 불공평하게만 느껴졌다.

집에는 아무도 없었다. 식탁 위에는 만 원짜리 한 장이 놓여 있었다. 엄마 아빠 둘 다 야근한다는 톡을 뒤늦게 확인했다. 집에 오는 사이 서민준이 톡을 엄청 많이 보내 놓았다. 미안하다, 어쩐다 사과하고 있는 듯했지만 지금은 들여다보기도 싫었다.

책가방 속에서 까만 비닐봉지를 꺼냈다. 집이 빈 지금이야말로 아무에게도 들키지 않고 임신 테스트를 할 수 있는 기회였다. 조심스레 종이 상자를 열고 임신테스트기를 꺼내 보았다. 임신테스트기는 인터넷에서 본 것과 거의 같은 모양이었다. 마른침이 꼴깍 넘어갔다. 아침 첫 소변으로 검사하는 게 제일 정확하다지만 또다시 하루를 미루는 것보다는 지금 검사하는 편이 나을 것 같았다.

문득 내 방 쪽에서 찍찍거리는 울음소리가 들려왔다. 그 소리가 유난히 날카롭고 긴박하게 들렸다. 나는 방으로 뛰어 들어가 햄스터 통 뚜껑을 열어 보았다.

햄햄이는 한쪽 구석에서 뒷발로 선 채 앞발로 무언가를 꼭 움켜쥐고 입을 부지런히 오물거리고 있었다. 햄스터가 먹이를 먹을 때 취하는 자세였다. 먹이통에서 멀리 떨어진 곳에서 햄햄이는 뭘 먹고 있는 걸까. 목을 빼고 햄스터 통을 자세히 살펴보았다. 톱밥 속에는 갓 태어난 햄햄이의 새끼들이 숨은 그림처럼 점점이 묻혀 있었다.

손가락으로 톱밥을 헤치며 새끼들의 머릿수를 세어 보았다. 하나, 둘. 두 마리뿐이었다. 아침에는 분명 다섯 마리였는데. 다시 한번 찾아보았지만 여전히 두 마리밖에 보이지 않았다.

그때 햄햄이가 꼭 쥐고 있던 앞발로 무언가가 톱밥 위로 툭 떨어졌다. 나도 모르게 손을 뻗어 그걸 만져 보았다. 손끝에 스치는 작은 덩어리의 감촉이 선뜩했다.

숨을 멈추고 그 작고 선뜩한 덩어리를 자세히 들여다보았다. 젤리처럼 작은 몸통에 붙어 있는 그보다 더 작은 다리 네 개. 이상했다. 머리가 보이지 않았다. 머리는 어디에…….

믿을 수 없는 깨달음에 가슴이 내려앉았다. 햄햄이가 먹고 있던 것은 새끼의 사체였다. 햄햄이는 자기 새끼를 먹고 있었다.

"미쳤어? 네 새끼야, 네 자식이라고!"

나는 몸을 떨며 소리를 질렀다. 사람의 말을 알아들을 길 없는 햄햄이는 죽은 새끼의 몸에 머리를 처박고 다시 입을 오물거리기 시작했다.

"먹지 마! 먹지 말라고!"

새끼의 사체에서 햄햄이를 억지로 떼어 냈다. 두 손으로 햄햄이를 들어 올리고 미친 듯이 소리를 질렀다. 내 손아귀 안에서 햄햄이는 온힘을 다해 몸부림치며 찍찍 울부짖었다.

사라진 다른 새끼 두 마리는 이미 햄햄이 배 속에 들어가 있을 거라고 추측하는 건 어렵지 않았다. 나는 눈물을 뚝뚝 흘리며 주영이에게 톡을 보냈다. 주영이는 햄햄이의 행동을 '카니발리즘'이라고 설명했다. 카니발리즘. 동족을 잡아먹는 행위. 특히 햄햄이처럼 동물의 어미가 제 새끼를 먹는 행위는 어미가 스트레스를 받는 상황에서 종종 일어나는 일이라고 했다.

머리로는 이해해도 마음으로는 이해할 수 없었다. 귀엽기만 하던 햄햄이가 징그러운 괴물처럼 보였다. 태어나자마자 어미에게 잡아먹힌 새끼들이 불쌍해서 견딜 수 없었다. 앞으로 햄햄이를 계속 기를 수 있을까? 저 천연덕스러운 까만 눈망울을 볼 때마다 제 새끼를 잡아먹는 모습이 떠오를지도 모르는데?

햄햄이를 더 이상 기르기 싫다는 생각마저 들었다. 사촌 오빠한테 돌려줘 버릴까. 인터넷에 분양한다는 글을 올려서 어딘가로 보내 버릴까. 아니면 그냥 밖에다 몰래 풀어놓아 버릴까. 아직 살아 있는 햄햄이 새끼 두 마리는 어떡하지. 머리가 어지러웠다.

새벽 1시에 깨금발로 집을 나왔다. 품 안에는 옷핀이나 클립 따위를 넣는 작은 철제 통이 들어 있었다. 그 속에는 화장지에 싸인 햄햄이 새끼가 들어 있었다. 아파트 단지 맞은편에 있는 시민 공원에서 주영이가 모종삽을 들고 기다리고 있었다. 우리는 공원에서 제일 큰 버드나무 옆에 땅을 파고 햄햄이의 새끼를 묻어 주었다. 워낙 작아서 다 묻는 데 10분도 채 걸리지 않았다. 무덤을 봉긋하게 쌓아 놓으면 공원 경비 아저씨가 이상하게 생각할 것 같아서 그냥 고르게 다졌다.

우리는 한동안 그 평평한 무덤을 말없이 내려다보았다. 주영이가 조심스레 말했다.

"야. 햄햄이 너무 미워하지 마. 햄햄이는 햄스터고…… 그냥 본능적으로 그렇게 한 것뿐이잖아."

뼈아픈 후회가 밀려들었다. 나는 비록 순간이었지만 햄햄이를 괴물 취급하며 내버릴 생각까지 했다. 화가 난다고 햄햄이를 손으로 쥐어 흔들고 크게 소리 지르며 괴롭혔다. 누가 더 괴물 같은 존재일까. 작고 힘없는 햄햄이일까, 나일까.

"햄햄이가 그런 짓 한 건 다 내 잘못이야. 내가 햄햄이를 제대로 돌봤다면 이런 일이 일어나지 않았을 텐데."

내가 코를 훌쩍이며 중얼거리자 주영이가 말했다.

"인간이 햄스터에게 최대한 좋은 환경을 만들어 주려고 노력해도 카니발리즘이 일어날 때가 있대."

"그래?"

"응. 출산 후에 어미 몸에 단백질이 부족해지면 먹기도 하고, 새끼들 모두에게 먹일 양분이 부족하다고 판단해서 새끼 수를 조절하려고 먹기도 한대. 나도 작년에 이런 일 겪어 봤어. 그때는 나도 멘탈 터지는 줄 알았는데 햄스터에 대해서 공부하니까 조금씩 이해가 가더라."

"햄햄이 새끼도 살고 싶었을 텐데……."

"햄햄이도 다 살리고 싶었을 거야."

"그랬을까?"

"그래. 너무 자책하지 마. 햄스터 입장에서는 그냥 햄스터로 태어나서 살다 보니까 이렇게 될 수도 있는 거 아니겠어."

농담처럼 말하는 주영이의 목소리가 어쩐지 울적하게 들리는 건 내 마음이 아픈 탓이겠지. 나는 손등으로 흘러내리는 눈물을 닦으며 중얼거렸다.

"주영아, 있잖아. 나 실은 아직도 임신 테스트 못 했어. 만일 내가 임신한 게 맞으면…… 그런데 도저히 못 낳을 상황이라서…… 어쩔 수 없이 그걸 해야만 한다면."

주영이가 말없이 나를 보았다. '그거'라는 말이 에둘러 뜻하는 두 글자 단어를 나는 끝내 똑바로 말할 수 없었다. 나는 고개를 푹 숙인 채 말했다.

"그때 방금 너처럼 말해 주는 사람이 있으면 좋겠어. 그냥 태어나서 살다 보니까 이렇게 될 수도 있는 거라고. 너무 자책할 일 아니라고 말이야……."

주영이의 얼굴을 차마 볼 수 없었다. 주영이가 화를 낼 것 같아서였다. 네가 햄스터랑 같냐고, 개념 없이 사고 친 책임은 너한테도 있는 주제에 뭐가 그리 뻔뻔하냐고 절교를 당할지도 모를 일이었다. 그래도 말하고 싶었다. 살면서 단 한 번이라도 좋으니 지금 내가 느끼는 감정을 그대로 똑바로 말하고 싶었다. 그 대가로 가장 친한 친구를 잃어야만 한다고 해도.

말 없는 시간이 한참 흘렀다. 실제로는 얼마 지나지 않았을지도 모르지만 나는 그렇게 느꼈다. 머리 위에서 주영이의 목소리가 들려왔다.

"알았어. 그때는 내가 그렇게 말해 줄게."

집으로 돌아온 나는 한참 뒤척이다 새벽 5시가 넘어서야 간신히 잠들었다. 햄햄이 때문에 정신이 없어서 임신 테스트는 할 생각도 못 했다.

엄마가 방문을 두드리는 소리에 실눈을 떴다가 도로 감아 버렸다. 손가락 하나 까딱할 수 없었다. 온몸이 늪에 빠진 것처럼 무겁고 배 속에는 축축한 진흙이 가득 들어차 있는 것 같았다.

볼펜 뚜껑처럼 가늘고 딱딱한 도구로 이곳저곳 되는 대로 찔러 대는 듯한 불쾌한 통증이 아랫배에 느껴졌다. 잠결에 끙끙거리며 몸을 옆으로 돌리는데 사타구니에서 무언가가 찔끔 비어져 나오는 느낌이 들었다. 그 순간 나는 무거운 눈꺼풀을 번쩍 들어 올리고 몸을 일으켜 화장실로 달려갔다.

일곱째 날. 생리가 시작됐다.

학교를 마친 나는 주영이랑 시민 공원 버드나무 밑에 있는 햄햄이 새끼의 무덤에 성묘를 갔다. 성묘라고 해 봤자 몰래 꺾은 철쭉꽃 두 송이를 겉보기에는 다른 땅바닥하고 아무런 차이도 없어 보이는 땅 위에 올려 두는 것뿐이었지만.

나는 무덤가에 쪼그려 앉아 손을 모으고 기도했다. 종교가 없는 주영이는 손을 모으지는 않았지만 조용히 눈을 감았다가 떴다.

"타이레놀 먹었어?"

주영이가 물었다. 나는 고개를 끄덕이며 대답했다.

"응. 요즘은 타이레놀보다 애드빌이 더 잘 듣는 것 같아."

"나도 애드빌이 낫더라."

우리는 바람에 흔들리는 철쭉 이파리를 내려다보며 말했다.

"너 생리 시작해서 진짜 다행이다."

"응. 진짜 다행."

배 속이 꿀렁꿀렁 거렸다. 나는 오만상을 찡그리며 일어섰다. 주기가 늦어진 탓인지 생리통이 평소보다 더 심해진 것 같았다. 세상에서 제일 지긋지긋한 이 아픔이 이토록 반가울 줄이야. 그렇다고 아픈 게 안 아프게 되는 건 절대 아니지만.

집에 돌아온 나는 햄햄이와 새끼들을 잘 살펴보았다. 다행히도 햄햄이는 마음을 가라앉힌 듯했다. 배불리 먹은 햄햄이는 살아남은 새끼들에게 젖을 물렸다. 새끼 두 마리는 엄마랑 어떻게든 함께 살아갈 수 있을 것 같았다.

한순간이더라도 너를 미워하고 버릴 마음을 먹다니, 내가 정말 나빴지. 너는 그저 햄스터로 태어나서 햄스터의 본능대로 행동했을 뿐인데. 주영이 말대로 그냥 태어나서 살다 보면 일어날 수도 있는 일이었는데.

살아 있으니까, 사람이니까, 여자니까, 아이를 가질 수도 있고, 낳을 수도 있고, 낳지 않을 수도 있다. 그 마음이 어떤 마음이건 이유는 하나뿐일 테지. 어떻게든 살고 싶으니까. 포기하지 않고 계속 살아가고 싶으니까.

살아 있다는 것 때문에 벌을 받아야 할 이유는 어디에도 없다.

법으로 정해져 있는 것만 벌이 아니다. 미움받을까, 손가락질당할까 부끄러워하고 두려워하며 평생 숨겨야 하는 비밀을 떠안고 살아야만 하는 것도 벌이다.

나는 앞으로도 계속 햄햄이와 함께 살아가기로 마음먹었다. 이렇게 혼이 났으니 앞으로는 단단히 조심할 테지만 그래도 또 같은 일이 일어날지도 모를 일이었다. 이번에 겪은 일도 나에게는 결코 일어날 수 없는 일이라고만 생각했으니까. 만일 나와 햄햄이에게 어찌할 수 없는 날이 또다시 찾아온다면, 정말이지 두 번 다시는 그런 일이 없었으면 좋겠지만 그럼에도 불구하고 삶의 예측 불가능한 부분이 사정없이 덮쳐 온다면…….

그래도,

그때 나만은 너를 미워하지 않을게. 나는 햄햄이에게 그렇게 말해 주었다.

제가 고등학교에 입학한 지 20년이 넘었습니다. 이론적으로는 고등학생 자녀를 둘 수 있을 만큼 나이를 먹은 사람이 '예전이나 지금이나 별다를 것 없다'고 말하는 건 무지이거나 위선이겠지요. 확실히 20년 전에는 청소년들의 연애 자체가 금기이자 낙인이었습니다. 그럼에도 연애하는 친구들은 항상 있었지만요. 당시 연애하는 청소년, 특히 여성 청소년에게 씌워졌던 낙인은 지나치게 부당해서 헛웃음이 나올 정도였습니다. 지금의 청소년들은 연애에 대해 그렇게 닫혀 있지 않다고 합니다. 당연하고도 다행스러운 변화라고 생각합니다.

저는 소설을 쓸 때 인터넷에 신세를 많이 집니다. 청소년의 임신과 낙태에 대하여 검색하면 거짓말처럼 시간이 20년 전으로 되돌아갑니다. 청소년들이 올린 익명의 글에는 낙인찍힘에 대한 두려움과 누구에게도 말할 수 없다는 외로움으로 가득합니다. 나이를 먹은 저도 내용을 읽고 있으면 그 공포가 내 일처럼 생생하게 느껴집니다. 낙태와 낙태한 여성을 향한 혐오에 찬 시선들은

20년 전과 크게 다르지 않습니다. 원치 않는 임신을 했거나 할 가능성이 있는 여자아이들은 공포와 죄책감 속에서 비밀스럽게 고민하고 불확실한 결정을 내립니다. 꼭 청소년들만 겪는 일이 아니라는 것은 여성이라면 대부분 알 것입니다. 다만 큰 소리로 말하지 못하는 것뿐이지요.

청소년이 느끼는 억압과 두려움을 어른이 되어서도 그대로 느낀다는 것은 슬픈 일입니다. 과거에는 큰 잘못으로만 치부되었던 십 대들의 연애를 긍정적으로 바라볼 수 있는 사회가 되었듯, 십 대의 성과 여성의 성에 대하여 당당히 말할 수 있는 사회를 바랍니다.

2019년, 대한민국의 낙태죄 헌법불합치결정을 환영합니다.

탁경은

스스로 반짝이는 별먼지

탁경은

서울에서 태어나 대학에서 국문학을 전공했다. 『싸이퍼』로 제14회 사계절문학상을 받으며 등단했다. 글쓰기를 더 즐기고 싶고, 글쓰기를 통해 더 괜찮은 인간이 되고 싶다. 지은 책으로 『사랑에 빠질 때 나누는 말들』 등이 있다.

학원 쉬는 시간에 피자를 나눠 먹었다. 원장 선생님이 기분 좋을 때 시켜 주는 피자는 매번 토핑이 부족하다. 얄따란 감자 몇 개와 오그라든 베이컨이 전부지만 은주, 지수와 나란히 둘러앉아 피자 한 판을 순식간에 먹어 치웠다.

피자를 다 먹은 지수가 주머니에서 틴트를 꺼내 입술에 펴 발랐다.

"색깔 예쁘다."

내가 감탄하자 지수는 틴트를 내밀었다.

"발라 봐. 피치색이야."

틴트를 입술 중앙에 바른 뒤 윗입술과 아랫입술을 부드럽게 비볐다. 은주는 기름종이를 꺼내 얼굴에 꾹 눌렀다.

"은주야. 컨실러 알아?"

지수가 물었고 은주는 고개를 끄덕였다.

"그거 써 봐. 좀 비싼 게 흠이긴 한데 커버력 진짜 좋아. 메이크업베이스랑 파운데이션 살 돈으로 좋은 컨실러 사는 게 나을 거야."

"그래?"

순간 은주의 눈이 반짝였다. 은주의 얇은 귀가 펄럭이는 소리가 나한테까지 들리는 듯했다.

"컨실러로 가리고 싶은 거 가리고 파우더로 기름기를 잡아 줘야 해. 지성 피부는 그렇게 해야 좀 뽀송뽀송하더라고."

은주는 초롱초롱한 눈으로 지수를 바라보며 거듭 고개를 끄덕였다. 당장 화장품 가게로 달려갈 기세였다. 나는 속으로 계속 감탄만 했다. 지수는 공부도 잘하고 리더십도 뛰어난 데다가, 화장품부터 잘나가는 아이돌의 근황까지 모르는 게 없었다.

선생님이 강의실에 들어왔다. 피자 맛있었냐고 묻는 선생님 말에 우리는 건성으로 대답하고 교재를 펼쳤다. 아까 바른 틴트에서 복숭아 향이 모락모락 피어올라 입 속을 채웠다.

선생님이 칠판에 빠르게 수학 공식을 적었지만 나는 잠시 힐끗거리다가 빈 종이에 낙서를 끼적였다. 비비크림, 파우더 블러셔, 아이라이너와 마스카라, 틴트와 립글로스, 선크림, 메이크업베이스와 파운데이션 퍼프 등등. 분명 빼 놓은 화장품 종류가 엄청 많겠지?

나는 화장품에 관해 잘 모른다. 화장을 잘하지도 못한다. 손재주가 없고 섬세함도 달린다. 한국어보다 영어로 가득한 화장품 종류와 각종 브랜드 이름을 들으면 괜히 주눅부터 든다. 그래서 언제부터인가 은주가 사는 화장품을 따라 구입하기 시작했다. 은주가 새로운 화장품 아이템을 사면 어쩐지 나도 사야 할 것만 같다. 매장에 걸린 아름다운 여자들을 보면 진열된 화장품들이 전부 필요하다는 생각이 절로 든다.

학원이 끝나고 은주와 버스 정류장까지 걸었다. 걷는 내내 오늘도 영화 〈인터스텔라〉에 대해 이야기했다. 이제껏 과학 과목에서 한 문제도 틀려 본 적 없는 은주의 꿈은 천문학자다. 은주는 어릴 때부터 별, 행성, 우주에 관심이 많았다고 한다. 나는 빛의 속도를 뜻하는 광년에도, 지구가 속한다는 태양계에도 별 관심이 없지만 은주의 온화한 목소리로 우주 이야기 듣는 걸 좋아했다.

1초에 30만 킬로미터를 간다는 빛의 속도로 몇 시간 넘게 가야 닿을까 말까 한 아스라이 먼 곳에 대해 떠들고 있노라면 지금 우리를 사로잡고 있는 고민들이 한없이 작고 가볍게만 느껴졌다. 그게 좋았다. 어쩌면 은주도 나와 비슷한 이유로 별과 우주 이야기에 집착하는 건지도 모른다.

나날이 미세먼지가 심해져서인지 며칠째 목이 까끌까끌했다. 시야가 뿌옇게 변할 정도로 미세먼지가 심한 날은 휴교도 하고 학원도 문을 닫았으면 좋겠다. 어른들은 미세먼지가 심한 날 삼겹살을 먹는다지만 은주와 나는 기쁜 일이 생겨도, 나쁜 일이 있어도 치킨을 먹는 '치킨파'다. 우리에게 치킨은 오늘을 위로해 주고 영혼을 치유해 주는 음식이다.

"약속, 잊지 않았지?"

내가 물었고 은주가 비장하게 "물론" 하고 대답했다. 우리는 시험이 끝나면 치느님을 영접하기로 몇 주 전부터 약속했다. 은주는 간장소스에 버무린 치킨을, 나는 매운 양념에 버무린 치킨을 좋아한다. 우리는 각자 좋아하는 치킨을 반씩 시켜 밥과 함께 비벼 먹기로 했다. 치킨 이야기를 했더니 입 안에 침이 고였다. 아까 먹은 피자는 블랙홀로 빨려 들어간 지 오래였다.

"이 말 멋지지 않아?"

"무슨?"

"우리는 생각하는 별먼지라는 말."

어느새 은주는 치킨에서 다시 멀고 먼 우주로 달아나 있었다. 못 말려 정말.

"누가 그랬는데?"

"내가 좋아하는 천문학자가."

"왜 우리가 먼지야?"

"음, 그건 말이지."

정류장에 도착할 때까지 은주가 들려주는 별 이야기에 귀를 기울였다. 우리는 버스 정류장에 놓인 벤치에 나란히 앉았다. 버스가 오고 사람들이 오르내리는 모습을 무심히 바라보다가 고개를 돌려 은주 얼굴을 잠깐 들여다봤다. 다가오는 자동차 전조등 불빛이 은주에게 달려들었다. 화장이 약간 지워진 탓에 이마에 핀 좁쌀 같은 여드름 꽃이 보였다. 피지가 분비된 뒤 수그러드는 과정에 생긴 움푹 팬 상처 자국이 두 뺨을 가득 채우고 있었다. 은주가 자주 가는 피부과 의사는 치료 시기를 놓치면 화산재처럼 피부가 시커멓게 변해 버릴 수 있다며 꾸준한 치료를 강조했다.

우리가 타고 갈 버스가 곧 도착한다는 알림이 정류장 전광판에 떴을 때였다. 우리가 걸어온 방향 반대쪽에서 모습을 쑥 드러낸 남학생 한 명이 벤치 끄트머리에 앉았다. 동성이었다. 은주는 동성이와 짧게 눈인사를 주고받았다. 중학교 때 은주와 같은 영어학원에 다녔던 동성이는 알이 작은 금속 테 안경을 쓰고 있었다. 렌즈는 한 번도 닦지 않았는지 뿌옇게 보였다. 교복 바지 밑단에는 흙이 잔뜩 묻어 있고 머리는 덥수룩했다. 제멋대로 풀린 넥타이가 대롱대롱 매달린 모습도 눈살을 찌푸리게 했지만 더 거슬리는 것은 따로 있었다. 동성이는 은주의 얼굴을 계속 흘끔거렸다. 은주 얼굴을 마지막으로 한 번 길게 보고는 싱겁게 웃었는데 그 미소에 비웃음이나 조롱기가 묻어 있는 듯해 기분이 상했다.

＊

　수업 시작을 알리는 음악이 울리고 얼마 지나지 않아 영어가 교실 문을 홱 열고 들어왔다. 와글와글 떠들던 아이들이 동시에 입을 다물었다.

　영어가 웃는다. 그 능글맞은 미소에 교실 분위기는 찬물을 끼얹은 듯 냉랭해진다. 영어가 얼굴을 찡그리며 내 쪽으로 다가온다. 긴장한 티를 안 내려고 고개를 빳빳이 든 채 일부러 먼 곳을 쳐다본다.

　내 자리가 맨 앞자리기도 하고 나는 원래 선생님들한테 엉뚱한 질문 하는 걸 좋아한다. 국어 선생님이 자주 입는 정장 바지 대신 나풀거리는 원피스를 입고 오면 "쌤, 무슨 좋은 일 있죠?" 하거나 과학 선생님이 좀 피곤해 보이면 "쌤, 비타민 드릴까요?" 하고 묻는다. 수업이 끝나면 얼른 교탁으로 몸을 던져 반 아이들의 비밀이나 재미있는 사건을 이야기하면서 선생님과 친해지려고 질척댄다. 그런데 내가 유일하게 질문을 던지지 않는 사람이 바로 영어다.

　"복장은 어떻게?"

　교실이 떠나갈 듯 카랑카랑한 영어 목소리에 우리는 동시에 입을 열었다.

　"조신하고 단정하게."

"옳~지. 치마 짧게 줄이지 말 것. 브라 끈 비치지 않게 조심할 것. 교복 단추가 터질 정도로 가슴 큰 인간들은 야하게 보이지 않도록 스스로 주의할 것. 알았나?"

나는 애쓴다. 영어와 눈이 마주치지 않기 위해. 영어한테 흠 잡히지 않기 위해. 영어는 순진하고 어리바리한 고1만 노렸다. 어떻게든 책을 잡고 잔소리를 퍼부었다.

"참, 이 반은 반장이 누구지?"

지수가 어두운 얼굴로 손을 들었다.

"오, 얼굴 반반한 지수구나. 이 반은 반장을 제대로 뽑았네. 예쁜 애들이 자신감도 좋고 리더십도 좋지. 자, 교과서 펴라."

수업이 끝나자마자 아이들 사이에서 안도의 한숨이 새어 나왔다. 나도 한숨을 한번 쉬고는 은주 곁으로 갔다. 그때 은주 앞자리에 앉아 있던 지수가 자리에서 벌떡 일어났다.

"아씨, 더는 못 참아."

지수가 허리춤에 두 손을 올리며 소리치자 아이들이 우리 쪽으로 몰려들었다. 지수가 아이들을 바라보며 또박또박 말했다.

"교육청에 신고하자. 아니, 트위터에 확 올리자."

지수의 기세에 겁을 집어먹은 건지 아이들은 아무 반응 없이 주춤거렸다.

"에이, 참아. 너 예쁘다고 칭찬한 건데 교육청 신고는 오버지."

내 말에 지수가 발끈했다.

"이거 잘못된 거야. 얼굴이 반반하다니. 기분 나빠."

"유난은. 영어 원래 이상하잖아."

"부당한 건 부당하다고, 기분 나쁜 건 기분 나쁘다고 말해야 하는 거야. 좋은 게 좋은 거라고 자꾸 넘어가니까 바뀌는 게 없는 거야. 여자들부터 달라져야 해."

지수가 못마땅한 눈빛으로 나를 쏘아보며 말했다. 수시 원서 쓸 때 가장 중요한 힘을 발휘하는 게 생활기록부다. 실제로 담임이나 주요 과목 선생한테 밉보여 생기부를 망친 경우도 여럿 있다. 우리 목줄을 쥐고 있는 사람을 건드려서 좋을 게 뭐 있나.

"지수야, 소용없어. 여기 사립이잖아. 게다가 영어 아내가 교육부 공무원이라며."

은주가 기운 없는 목소리로 덧붙였다. 사립학교에서 영어, 수학 같은 주요 과목 선생은 잘리지 않는다. 신고가 들어와 경고를 받아도 재단의 다른 학교에 전근 갔다가 몇 년 후 다시 돌아온다. 경찰 수사로 이어져도 검찰에서 불기소처분을 받기도 한다. 수백 명의 진술과 증언이 버젓이 있는데도 그렇다. 최악의 경우 고발한 학생이 학교 명예를 훼손했다는 이유로 사과문을 쓰기도 한다.

선배들은 종종 말했다. 이건 절대 이길 수 없는 싸움이라고, 가만있는 것이 최선이라고. 우리가 학교를 쑥대밭으로 만들면, 선생들과 기 싸움을 하고 전쟁을 벌이면, 수시 원서를 써야 하는 우리만 손해를 보니 참으라고.

"일 벌이면 선배들도 가만있지 않을 거야. 좀만 참자."

나는 조곤조곤 속삭이며 지수의 등을 토닥였다. 그제야 지수도 좀 누그러졌다. 그래. 고1도 얼마 남지 않았다. 조금만 더 참으면 된다. 그리고 영어가 재수 없는 것은 사실이지만 오늘 영어가 한 말이 틀린 것도 아니잖아. 예쁘고 잘생긴 사람들은 쉽게 사랑받아서인지 자신감이 넘친다. 자신감이 넘치니 무엇이든 더 잘한다.

점심을 빨리 먹은 뒤 은주와 운동장을 한 바퀴 돌았다. 늦가을에 접어든 햇살이 얼굴로 내리쬈지만 다행히 바람이 선선히 불어 덥지는 않았다. 은주와 나란히 걷다가 나는 불쑥 물었다.

"〈인터스텔라〉 보면 중력에 따라 행성마다 시간이 다르게 흐르잖아."

은주가 응, 하고 대답하며 고개를 끄덕였다.

"지구보다 시간이 빠르게 흐르는 행성과 느리게 흐르는 행성 중 어디를 가고 싶어?"

"빠르게 흐르는 행성."

은주는 잠시도 망설이지 않았다.

"얼른 대딩 됐으면 좋겠다."

그렇게 말하고는 흐흐 웃었다.

"나도. 빨리 어른 되면 좋겠어."

대학생이 되고 어른이 되면 지독한 공부 스트레스와 성적 압

박에서 벗어날 수 있으려나. 우리를 끈질기게 바라보는 사람들의 시선에서 좀 자유로워질 수 있으려나.

"동성이랑 같이 과외 할래?"

운동장을 빠져나와 스탠드에 올라서는데 은주가 넌지시 물었다.

"엄마가 그러는데 어제 동성이 엄마한테 연락 왔었대. 영어 과외 할 팀을 짜는데 같이할 생각 있느냐고."

은주 얼굴을 흘끔거렸던 녀석의 눈빛이 번쩍 떠올랐다. 녀석의 입가에 묻은 조롱 섞인 미소까지 생생히 기억났다.

"싫은데."

"영어 과외는 팀으로 하고 싶어 했잖아."

"걔 맘에 안 들어."

"그래?"

은주가 한 박자 쉬고는 다시 물었다.

"왜 싫어?"

은주가 내 얼굴을 물끄러미 바라봤다. 내 눈을 골똘히 바라보는 은주의 눈동자에, 햇살을 받아 반짝이는 은주의 속눈썹에 대놓고 말할 수 없었다. 그 녀석은 네 피부를 비웃었고 무슨 구경거리인 듯 네 얼굴을 호시탐탐 힐끗댄 놈이라는 말이 도무지 입 밖에 나오지 않았다. 나는 은주의 눈길을 슬쩍 피하며 그냥 싫다고 얼버무렸다.

은주도 그랬지만 나도 영어 성적이 정체 중이었다. 학원은 진도가 빠르고 수업도 어려워 조금 다니다 말았다. 은주와 둘이서 팀 과외를 하고 싶었지만 과외비가 비싸 우리와 성적이 비슷한 친구를 물색 중이었다. 은주는 동성이와 함께 과외를 하고 싶은 모양이었다. 은주 얼굴 위로 아쉬움이 스쳤지만 어쩔 수 없었다. 은주를 그런 눈빛으로 바라본 녀석과 한 공간에서 공부하고 싶지 않았다.

하교 후 은주와 나란히 버스 정류장 벤치에 앉아 있는데 남학생 두 명이 벤치 옆에 비스듬히 섰다. 한 남학생이 은주를 보더니 풋 하고 웃음을 터뜨렸다. 그러더니 큰 소리로 말했다.

"아, 멍게 당기네."

내가 홱 째려보자 둘은 자기들끼리 은밀히 소곤거리며 계속 키득거렸다. 일어서서 한마디 하려는데 은주가 내 팔을 붙들었다. 멍게 얘기를 한 녀석이 주머니에 손을 찔러 넣으며 눈을 희번덕거렸다. 흰자가 번들거리는 눈동자를 맞받아 쏘아봤다. 녀석은 어이없다는 듯 피식 웃었다. 한마디 쏘아붙이려는 순간 버스가 도착했다. 둘은 잽싸게 버스에 뛰어올랐다.

내가 어이없는 일을 당하는 건 참을 수 있지만 은주가 당하는 건 참을 수가 없다. 나도 모르게 불끈 주먹을 쥐게 되고 눈이 휙 돌아간다.

"어이없어. 뭐야 쟤들?"

내 말에 은주가 마른 가루를 삼킨 듯 잠긴 목소리로 대꾸했다.

"놔둬. 한두 번도 아니고."

하지만 나는 머리끝까지 화가 치밀어 올랐다.

"예령아, 나 요새 우울증 약 먹어."

은주가 작게 말했다. 가슴이 철렁 내려앉았다. 요즘 들어 은주는 부쩍 우울하다는 말을 자주 했다. 그렇다 해도 약을 먹을 정도로 심각한 줄은 몰랐다. 심리 상담을 받으러 간다는 말을 듣고도 꼬치꼬치 캐묻지 않았다. 자세히 물어보는 일이 은주 마음을 더 불편하게 할까 봐 염려스러웠다. 마음이 답답하고 뭉근히 아파 왔다. 나는 지그시 입술을 깨물었다.

"약 먹기 전에는 엄마도 걱정 많이 했는데 먹길 잘한 거 같아."

진으로 된 핫팬츠를 입기 위해 여름마다 저녁을 굶는 지수. 부모의 성화에 못 이겨 여름방학 때 쌍꺼풀 수술을 하고 나타난 진희. 무리하게 다이어트를 하다 체육 시간에 쓰러진 나연. 여름마다 큰 가슴을 숨기느라 진을 빼는 다혜. 얼굴을 뒤덮은 화농성 여드름을 치료하려고 몇백만 원을 피부과에 쏟아부었는데도 차도가 없어 얼굴색이 점점 더 흙빛으로 변하고 있는 은주. 키 크는 한약을 아무리 먹어도 키가 자라지 않는 나. 이 목록에 끝이 있을까?

은주와 나는 초등학교 때부터 알고 지낸 사이다. 그때는 남자아이들 절반 이상이 은주를 좋아할 정도로 인기가 많았다. 은주는 이목구비가 뚜렷하고 키도 크다. 웃으면 반달 모양으로 가느

스름하게 퍼지는 눈은 여자인 내가 봐도 매력적이다. 하얗고 팽팽하던 피부에 여드름이 나기 시작하면서 은주는 눈에 띄게 말수가 줄었다. 학급 임원을 도맡아 했던 자신감도 자취를 감췄다. 여드름이 심해질수록 은주의 목소리는 부쩍 작아졌고 우울하다는 말을 자주 했다.

혹부리 영감에게 혹은 무거운 짐이었고 열등감 자체였다. 그렇지만 도깨비를 만났을 때 혹부리 영감은 혹 덕분에 소통할 수 있었다. 우리의 작은 눈이, 각진 턱이, 두꺼운 허벅지가, 그리고 얼굴을 가득 뒤덮은 여드름이 혹부리 영감의 혹처럼 열등감이 아니라 인생을 신바람 나게 즐길 수 있는 개성이자 에너지가 된다면 얼마나 좋을까.

*

학원을 빠져나온 우리는 정류장 벤치에 털썩 주저앉았다. 지난번처럼 동성이가 반대쪽 길에서 훌쩍 나타났다. 동성이를 보고 몸이 굳은 나와 달리 은주와 동성이는 인사를 주고받았다. 나는 동성이를 외면하려고 고개를 돌린 채 버스를 기다렸다.

"정은주!"

동성이의 목소리에 은주와 나는 눈길을 돌렸다. 동성이는 씩 웃더니 자리에서 일어나 우리 쪽으로 다가왔다. 뭣 때문에 싱글

거리는 거지? 무슨 말을 하려고 다가오는 거지? 나는 동성이를 한번 째려보고는 팔짱을 꼈다.

"정은주, 요새도 별 좋아해?"

동성이가 은주 곁에 서서 물었다. 은주는 고개를 돌려 동성이를 올려다보았다. 저 녀석이 은주가 별 좋아하는 건 또 어떻게 알았지? 은주가 머뭇거리는 사이 내가 은주 대신 입을 열었다.

"은주가 별 좋아하는 게 너랑 무슨 상관인데?"

"예술의 전당에서 우주 사진 전시하던데 알고 있어?"

"응. 알아."

이번에는 나보다 은주 대답이 빨랐다.

"과제 때문에 가야 하는데 같이 갈 사람이 없네."

동성이가 잠시 뜸을 들이더니 다음 말을 툭 내뱉었다.

"같이 갈래?"

동성이는 머쓱한지 머리를 긁적이고는 순박한 미소를 머금었다. 나는 팔짱을 스르륵 풀었다.

"생각해 볼게."

은주가 작게 대꾸했다.

"예령아. 나 먼저 갈게. 아빠가 마중 나왔나 봐."

은주가 나를 바라보며 말했다. 은주가 작게 손을 들어 나와 동성이한테 인사를 건넸다. 은주가 사라진 자리에 동성이가 엉거주춤 앉았다. 어색한 공기가 동성이와 나 사이를 빼곡히 채웠다.

"너 은주 좋아하지?"

내 말에 동성이는 머리를 다시 긁적였다.

"그렇게 티 나?"

"엄청."

동성이는 손등으로 안경을 추켜올리며 바보같이 웃었다.

"언제부터 좋아한 거야?"

"글쎄. 좀 됐어."

동성이가 건너편 차선으로 시선을 건넸다. 가로등 불빛 사이로 자동차 전조등이 반짝거렸다.

"은주가 별 좋아하잖아. 나도 별 좋아하거든. 은주가 우주에 대해 얘기할 때 눈이 얼마나 반짝이는지 알지? 꼭 별 같아."

나도 잘 알지. 은주 눈이 얼마나 반짝이고 깊은지. 하지만 은주 피부가 여드름에 뒤덮인 뒤로는 다들 은주의 눈보다 피부만 바라봐서 속상했다. 그런데 그걸 알아보다니. 멋지다, 너.

동성이가 은주를 좋아해서 힐끔거린 거였구나. 나는 그것도 모르고 동성이를 오해했다. 은주 피부를 부끄러워한 사람은 동성이가 아니라 나였구나. 생각해 보니 정말 창피했다. 쥐구멍에 얼굴이라도 숨기고 싶은 심정이었다.

첫인상이 지저분하다는 이유로, 은주 얼굴을 힐끔거렸다는 이유로 무턱대고 동성이를 경계했다. 여자들을 외모로 차별하는 남자들을 비난하고 한심하게 생각했으면서 나 또한 동성이를 외모로 판단했다. 잘생기지도, 머리가 단정하지도, 눈매가 따뜻하지도 않다고 내 마음대로 동성이를 재단하고 무시했다. 게다가 은주를 좋아해서 은근슬쩍 바라본 눈빛을 내 멋대로 오해했다니……. 한 없이 부끄러워졌다.

기말고사를 앞둔 시기라 하루 24시간이 부족할 지경이었다. 중요한 수행평가가 몰려 있었고 시험이 가까이 다가올수록 학원은 늦게 끝났다. 밤 10시가 좀 지났을까. 학원 건물을 나오는데 밤공기가 제법 차가워 따뜻한 밀크티가 생각났다. 좋아하는 카페로 발걸음이 저절로 움직였다. 차를 주문하고 기다리는데 멀지 않은 곳에서 남자들 대화 소리가 들렸다.

"쟤 좀 글래머지 않냐?"

"어디? 긴 머리? 파란색 가방?"

이상한 느낌에 주위를 둘러봤다. 파란색 가방을 멘 사람은 나밖에 없었다.

"확 납치해 버릴까?"

"그럴까? 잘 여물긴 했네."

"교복만 보면 꼴리지 않냐?"

"그지. 한번 자기 딱 좋은 나이지."

직원이 종이컵을 내밀었지만 나는 손이 부들부들 떨렸다. 머리는 얼른 여기에서 나가라고 외쳤지만 몸은 말을 듣지 않았다. 차를 받지 않은 채 몸을 천천히 돌려 입구 쪽으로 걸었다.

"손님!"

직원이 부르는 소리가 들렸지만 뒤돌아보지 않았다.

카페를 나오는데 눈썹이 짙은 남자가 일어나는 모습이 보였다. 숨도 쉬지 못한 채 앞만 봤다. 여기에서 빨리 벗어나야 한다고 생각했지만 몸이 말을 듣지 않았다.

"학생, 잠깐 얘기 좀 하지."

카페 밖까지 쫓아 나온 남자가 내 팔을 홱 낚아채는 바람에 몸이 휘청거렸다. 그 남자 뒤로 다른 한 명이 카페 입구를 나오는 모습이 보였다. 두 명을 상대할 수는 없었다. 당장 도망가야 했다. 나는 팔을 붙든 남자의 정강이를 힘껏 발로 찼다. 남자가 허리를 구부리며 다리를 문지르는 틈을 타 힘껏 달리기 시작했다. 호흡이 가빠졌다. 정신을 차려야 하는데 자꾸만 아득해졌다.

얼마나 달렸을까. 무릎에 두 손을 짚고 숨을 몰아쉬었다. 터질 것 같은 가슴을 부여잡는데 발소리가 귓가에 울렸다. 숨을 멈추고 소리에 집중했다. 타닥타닥. 입 안이 타들어 갔다. 타닥타닥. 마른침을 삼켰다.

허리를 세우며 뒤를 돌아봤다. 빠른 속도로 달려오는 남자들 실루엣이 보였다.

"씨발, 너 거기 안 서!"

한 남자가 목청 높여 소리쳤다. 가로등이 없는 골목이었다. 남자들의 얼굴은 짙은 어둠에 가려 보이지 않았다. 빠르게 쫓아오는 남자들의 발자국 소리만 골목을 가득 메웠다.

'이 근처에 경찰서가 있어. 조금만 더 가면 돼.'

남은 힘을 모두 짜내 달렸다. 드디어 경찰서 불빛이 보였다.

"아저씨! 도와주세요."

간신히 말을 쏟아내며 바닥에 엎드렸다. 두 손으로 바닥을 짚은 채 거칠게 숨을 내쉬었다.

"학생. 무슨 일이야?"

경찰이 내 쪽으로 다가왔다.

"카페에서, 남자들이, 납치한다고, 쫓아왔어요."

마음과 다르게 말이 띄엄띄엄 흘러나왔다. 경찰관이 잽싸게 밖으로 나갔다. 안에 있던 경찰들이 웅성대더니 한 경찰관이 전화를 걸었다. 온몸에서 기운이 빠져나가 바닥에 철퍼덕 주저앉았다. 잠시 뒤 여자 경찰관이 아까 밖으로 나간 경찰관과 함께 들어왔다. 여자 경찰관이 등을 감싸며 나를 일으켜 세웠다. 그러더니 나를 의자에 앉히고 따뜻한 물이 담긴 종이컵을 내밀었다.

"수상쩍은 남자는 없던데."

남자 경찰관이 말했다.

"혹시 얼굴 봤니?"

여자 경찰관이 물었다. 나는 고개를 천천히 가로저었다. 분명 얼굴을 본 것 같은데 기억상실증에 걸린 사람처럼 아무것도 기억나지 않았다.

"그 남자들이 납치할 거란 걸 어떻게 확신해?"

남자 경찰관이 내 앞에 마주 앉았다.

"대화하는 걸 들었어요. 저한테 들리도록 큰 목소리로 얘기했어요."

"뭐라고 하든?"

"'납치해 버릴까?'라고요."

나는 고개를 돌려 여자 경찰관을 바라봤다.

"한 사람은 밖까지 따라 나와 제 팔을 세게 잡았어요. 카페 시시티브이 확인해 보세요."

"얼굴은 못 봤다며."

"봤는데 기억이 안 나요. 실루엣은 대충 알아요."

"학생."

남자 경찰관이 펜으로 노트북 모니터를 탁탁 쳤다.

"남자들한테 맞았어?"

"아뇨."

"돈 뺏겼어?"

"……아뇨."

"경찰이라도 아무 이유 없이 가게 시시티브이를 들여다볼 수 있는 건 아니야. 백번 양보해서 시시티브이 확인하고 남자들 찾았다고 쳐. 무슨 죄목으로 처넣을 건데?"

"분명히 납치한다고……."

남자 경찰관은 펜을 책상 위로 휙 던지며 일어섰다.

"남자들이 귀엽다고 칭찬하면서 농담한 걸 갖고 유난은. 학생, 여기는 그렇게 한가한 곳이 아니야. 송 경관, 애 집까지 데려다 줘."

여자 경찰관이 내 팔에 팔짱을 꼈다. 부드러운 손길이었는데도 왠지 유치장에 끌려가는 범죄자가 된 기분이었다. 경찰차로 집에 무사히 도착했다. 왜 이렇게 늦었냐고, 왜 전화도 안 받느냐고 잔소리를 퍼붓는 엄마를 뒤로하고 방에 들어갔다.

동네가 무서웠다. 골목이, 학원 근처가, 카페 주변이, 밤늦은 시간이, 어둠이, 저녁이 무서웠다. 더는 학원에 가지 않기로 했다. 기말고사만 겨우 치르고 방에 처박혔다. 커튼을 굳게 쳤다. 엄마와도, 아빠와도 말을 나누고 싶지 않았다. 스마트폰 전원과 함께 내 영혼의 일부가 꺼졌다. 영원히 방 안에 머물고 싶었다.

*

며칠 동안 침대에 누워 멍하니 천장을 들여다봤다. 형광등을 껐다가 다시 켰다. 초등학교 때 붙여 둔 별 모양 야광 스티커가 잠깐 반짝이다 사라졌다. 어두운 하늘에 별이 반짝이더라도 그 별들이 다 살아 있는 것은 아니다. 별빛이 지구까지 날아오는 동안 별 무리의 일부는 사라지니까. 우리가 보는 별빛은 지금의 빛이 아니라 과거의 빛이니까.

은주가 들려준 이야기가 문득 생각났다. 서로 다른 두 시공간을 잇는 좁은 통로를 웜홀이라고 하는데 이론적으로는 웜홀을 통해 과거로 갈 수 있단다. 물론 미래로 가는 것에 비해 과거로 가는 것은 어려운 일이고 웜홀을 실제로 발견한 적도 없기에 과거로의 시간 여행에 회의적인 과학자들이 더 많지만 은주는 과학이 계속 발전하면 불가능한 일은 없다고 믿었다.

타임머신을 타고 과거로 돌아갈 수 있다면 무엇부터 바꾸면 좋을까. 그래, 처음으로 돌아갈 수 있다면 남자로 태어나면 어떨까. 남자로 태어났다면 사는 것이 좀 더 쉽지 않았을까.

야광 스티커가 내뿜는 희미한 빛을 뚫어져라 보고 있는데 갑자기 방문 두드리는 소리가 났다. 똑똑. 그 소리는 마치 먼 외계 행성에서 우연찮게 흘러든 잡음 같았다. 나는 어떤 소리든 무시하고 싶었다.

"예령아. 나야."

은주였다. 그 한마디를 남기고 은주는 계속 기다렸다. 나는 이 게임에서 이길 수 없다는 걸 단박에 알아차렸다. 기다리고 참고 버티는 일로 은주를 이길 수 있는 사람은 얼마 없을 테니까. 한숨을 내쉬며 방문을 열었다. 은주 혼자일 거라고 생각했는데 지수도 함께였다.

무거운 침묵이 바닥에 가라앉았다. 나는 침대에 등을 기댄 채 앉아 있었고 은주는 방바닥을 내려다봤고 지수는 오늘따라 말을 아꼈다. 한참 만에 침묵을 깬 사람은 은주였다.

"무서웠어. 길거리를 걷는데 누가 평범한 사람이고 누가 나쁜 마음을 먹은 사람인지 구분할 수 없을 때, 밤길을 걷는데 누가 날 따라올 때, 갑자기 밤에 택시를 타야 할 때, 부모님이 외출 나간 사이 누가 실수로 현관 번호 키를 누를 때, 엘리베이터를 낯선 남자와 함께 타야 할 때, 그리고 아이들이 내 피부를 보면서 비웃거나 미간을 찡그릴 때. 그런데 예령이 네가 곁에 있으면 무섭지 않았어. 그 어떤 시선도 견딜 만했어."

나는 천천히 고개를 들어올렸다. 나를 바라보는 은주의 눈빛이 따뜻했다.

"여전히 무서운 거 투성이지만 더는 숨지 말자, 우리."

은주의 말을 들으며 나는 다시 고개를 수그렸다. 나는 애꿎은 손가락만 만지작거렸다.

"미안해, 은주야. 나 이제, 자신이 없어. 남자들 말도, 눈빛도, 발 걸음도, 심지어 경찰 아저씨 펜까지 날 괴롭혀."

겨우 말을 마치고는 팔로 껴안은 무릎에 얼굴을 묻었다. 다시 시작된 침묵이 꽤 오래도록 이어졌다.

"난 거식증이야."

지수가 또박또박 말했다. 나는 고개를 들어 지수를 바라보았다.

그러다가 지수의 얼굴을 지그시 바라보던 은주와 눈이 잠깐 마주
쳤다.

"더 마르고 싶었어. 성적처럼 몸도 관리할 수 있다고 믿었거든.
완벽한 몸을 원했어. 얼마든지 컨트롤할 수 있다고 생각했는데
아니더라. 그래도 처음엔 견딜 만했는데 요즘 들어 점점 심해지
고 있어."

지수를 바라보는 은주의 눈가가 촉촉했다. 때로는 의젓하고 때
로는 명랑한 우리 반 회장 지수. 못하는 거 하나 없는 완벽한 아
이. 매 순간 우리가 부러워 마지않는 리더. 그런 지수가 거식증이
라니. 선뜻 믿기지가 않았다. 그랬구나. 지수도 남몰래 아팠구나.
실은 많이 힘들었구나.

"분위기 왜 이래. 나 괜찮아. 상담도 꾸준히 받고 있다고."

지수가 허리를 꼿꼿하게 세우며 말했다.

"지수야. 잘못된 걸 바꾸려면 뭘 어떻게 해야 해? 어떻게, 무엇
부터 바꿔야 하지?"

지수를 건너다보며 내가 불쑥 물었다.

"일단 뭐가 잘못됐는지 알아야지."

나는 은주와 지수를 번갈아 쳐다보며 말했다.

"알고 싶어. 뭐가 잘못됐고 뭐가 옳은 건지."

실은 지수한테 미안하다고 말하고 싶었다. 영어 때문에 지수가
기분 나쁘다고 했을 때 별일도 아닌데 유난 떤다고 말한 것이 마

음에 걸렸다. 그리고 고마웠다. 그런 일이 있었는데도 나를 위해 여기까지 와 준 지수의 따뜻한 마음이.

학생부장도 아니면서 영어는 종종 복장 검사로 수업을 시작했다. 복장 검사에 담긴 진짜 의도를 짐작하기는 어렵지 않았다. 복장 검사를 핑계로 영어는 아이들의 브래지어 끈을 막대기로 툭툭 쳤다. 복장을 교정해 주는 척 은근슬쩍 다가가 아이들 어깨나 팔 뚝, 심지어 가슴을 만졌다. 학교에 적응하느라 얼이 나가 있는 상태에서 당한 일이라 아이들은 어떻게 대처해야 할지 알 수 없었다. 그런 건 누구에게도 배운 적이 없었으니까.

"우리 그 이야기 해 보자. 세상에서 가장 듣기 싫었던 말. 예령이 넌 뭐였어?"

지수가 밝은 목소리로 물었다.

"완전 많은데? 하나만 꼽을 수가 없어."

"아, 나 있어."

은주가 헤헤거리며 끼어들었다.

"추석 때였을 거야. 내가 전을 좋아하잖아. 막 주워 먹었거든. 그 모습을 보더니 삼촌이 혀를 끌끌 차면서 이러잖아. 기름기 많은 거 먹지 말라고. 그래야 피부 좋아진다고."

"헐. 뭔 개소리야."

지수의 추임새 덕인지 은주는 아이처럼 까르르 웃었다. 큰 소리로 마음껏 웃어서일까. 은주는 목욕을 하고 나온 사람처럼 개

운해 보였다.

"나도 생각났다."

내가 목청을 높였다.

"은주랑 화장품 가게에서 할인하는 빨간 틴트를 사서 바르고 학원에 갔더니 원장이 뭐라는 줄 알아? '너 쥐 잡아 먹었냐?'"

지수와 은주가 배를 잡고 깔깔댔다.

"와, 너무 올드해. 할배 원장인가?"

지수 말에 나도 같이 끅끅대며 웃었다.

"나는 그거. 영어 말투 있잖아. 영어 잘하는 애들한테만 하는 거. 애완동물 길들이는 듯한 나긋나긋한 말투로 '옳~지.' 아, 소름 돋아. 옳긴 뭐가 옳아!"

지수는 팔뚝을 문지르며 영어 말투를 흉내 냈다. 영어가 눈앞에 나타난 것 같은 성대모사에 은주와 나는 폭소를 터뜨렸다. 왁자지껄한 웃음소리 덕분일까. 내가 겪은 일이 별일이 아닐 수도 있다는 생각이 스쳐 지나갔다. 한바탕 웃고 나니 신기하게도 마음이 한결 가벼웠다.

엄마가 노크를 하고는 김치전과 쿠키를 방으로 넣어 주었다. 지수와 은주가 맛있게 먹는 모습을 지켜보았다. 은주가 쓸데없는 말들은 다 잊어버리기를, 지수가 얼른 낫기를 간절히 바라며 나도 김치전을 입에 넣었다. 우리는 게 눈 감추듯 음식을 먹어 치우며 끊임없이 수다를 떨었다. 밤새도록.

은주를 따라 화장품 가게에 갔다. 은주는 신중하게 컨실러를 골랐다. 샘플 메이크업베이스를 적당히 덜어 내 얇게 얼굴에 펴 발랐다. 얇게, 여러 겹으로 발라야 화장이 뜨지 않는다나. 그러고 나서 여드름 자국이나 여드름이 솟아 오른 곳에 컨실러를 톡톡 두드렸다.

정성껏 화장을 마친 은주가 차분한 눈길로 거울에 비친 자신을 들여다봤다. 공들인 화장과 은은하게 내리꽂히는 조명 덕에 은주의 피부는 생기를 되찾았다. 내가 엄지손가락을 세우며 와, 하고 감탄하자 은주가 환하게 웃었다.

계산을 하다 말고 은주가 나를 돌아다봤다.

"넌 안 사?"

"응. 살 게 없네."

당분간 화장품을 사지 않기로 했다. 언제가 될지 모르겠지만 내가 하고 싶을 때, 내가 하고 싶은 방식으로, 나 자신을 위해 화장을 하기로 마음먹었다. 무엇 때문에 이런 마음이 들었는지 알 수 없지만 지금 이 마음이 잘못됐다는 생각은 들지 않았다.

화장품 가게를 나오며 내가 스치듯 말했다.

"은주야. 나 생얼로 다녀도 데리고 다닐 거지?"

은주가 내 손을 와락 잡았다.

"당연하지. 거지꼴로 다녀도 이 손 놓지 않을게."

은주가 웬일로 큰 목소리로 말했다. 자세히 말하지 않았는데도 내 마음을 다 알아차린 걸까.

"넌 화장 안 해도 피부 좋잖아. 난 화장 안 하고 다니긴 힘들 것 같아."

은주 말에 나는 고개를 크게 주억거렸다. 그러고는 은주와 손을 잡은 채 팔을 앞뒤로 저으며 성큼성큼 나아갔다. 우리는 번화한 거리를 걸었다. 주말이라 그런지 거리는 사람들로 바글거렸다. 끝도 없이 이어지는 화장품 가게와 옷 가게 사이로 성형수술 광고판을 붙인 버스가 우리 앞을 스쳐 지나갔다.

"우리 지수랑 같이 페미니즘 동아리 만들어 볼까?"

내 말에 은주가 명랑하게 "좋아" 하고 대답했다.

페미니즘 동아리를 만든다고 뭐가 달라질 수 있을까. 아무것도 달라지지 않을 가능성이 컸다. 그렇다 하더라도 달라질 거라고 믿고 싶다. 작은 거 하나라도 달라졌다고, 우리가 달라졌다고, 우리가 달라진 만큼 세상도 조금씩은 달라지고 있다고 믿고 싶다.

"너, 동성이가 진짜 좋아?"

동성이 얘기를 꺼내자마자 은주의 얼굴이 발그레해졌다.

"응, 좋은데? 너는?"

"나?"

"좋아하는 사람 없어?"

"글쎄다."

치, 하며 은주가 내 옆구리를 팔꿈치로 쿡 찔렀다. 내가 혀를 날름 내밀자 은주가 배시시 웃었다.

은주가 그랬다. 우리 몸을 이루고 있는 원소들은 모두 별에서 왔다고. 그러므로 우리 몸에는 우주의 역사가 오롯이 담겨 있다고. 그 말을 듣는데 가슴이 두근거리고 코끝이 찡해졌다. 키가 작든 크든, 여드름이 있든 없든, 콧대가 높든 낮든, 종아리가 통통하든 아니든, 뚱뚱하든 아니든, 가슴이 크든 작든, 얼굴이 크든 작든 상관없다. 어떻게 생겼든, 어떤 모습이든 우리가 곧 우주이고 우주가 곧 내 몸이다. 어떤 일이 있어도 그걸 잊지 말아야지.

그 말을 친구들한테 꼭 해 주기 위해 은주, 지수와 함께 복도 곳곳에 대자보를 붙이기로 했다. 영어의 부당한 복장 검사도 까발리고 페미니즘 동아리 광고도 잊지 않고 적었다. 마지막으로 곧 들어올 신입생들에게 한마디 남겨야겠다. 누가 뭐라고 하든 일단 쫄지 말라고. 누가 뭐라고 지껄이든 우리는 충분히 아름답고 멋지다고.

참고 문헌

• 『심리학이 만난 우리 신화』, 이나미, 이랑.

• 『페미니스트 선생님이 필요해』, 홍혜은 외, 동녘.

• 『내가 진짜 하고 싶은 말』, 정수임, 서유재.

• 『페미니즘 교실』, 김고연주 외, 돌베개.

• MBC 스페셜 〈우리들의 소녀시대〉.

페미니즘 소설을 써 보라는 제안을 받았을 때 걱정이 앞섰다. 관심은 많았지만 잘 모르는 주제였다. 무턱대고 쉬운 텍스트부터 공부했지만 여전히 모르는 게 많은데 페미니즘에 관한 소설을 쓰고 발표해도 될까 우물쭈물 망설이게 됐다.

그런 망설임은 사람들을 만나는 가운데 서서히 잦아들었다. 가까이 있는 소녀들과 수다를 떨다가 아직도 학교에서 버젓이 벌어지는 어처구니없는 일들에 대해 들었다. 페미니즘을 공부하고, 여성학자인 선생님을 만나 이야기를 나누면서 목소리를 내야 한다는 것을 깨달았다. 이 짧고 부족한 소설이 그 목소리에 작은 힘을 보탤 수 있기를 바란다면 과욕일지도 모르겠지만.

저마다 눈부시게 아름다운 친구들을 하나의 기준으로 몰아넣고 있는 건 누구일까. 성공, 명예, 아름다움, 돈도 중요하지만 무엇보다도 '나다움'을 잃지 않았으면 좋겠다. 세상의 속도에 휩쓸리지 않고 나만의 속도로, 나를 존중하고 아끼며, 나답게 사는 일의 소중함은 아무리 강조해도 부족하지 않으니까.

모든 사람들이 자신을 있는 그대로 사랑할 수 있기를 바란다. 좀 부족해도, 좀 늦어도 스스로에게 괜찮다고 말해 주는 것을 잊지 않았으면 좋겠다. 내가 좋아하는 평론가가 이런 말을 했다. '자신의 삶을 있는 그대로 사랑할 수 있는 것보다 더 위대한 것은 없다'고. 이 문장을 많은 친구들에게 선물하고 싶다.

소녀를 위한 페미니즘

© 김진나·박하령·이꽃님·이진·탁경은, 2019

초판 1쇄 발행일 | 2019년 8월 23일
초판 2쇄 발행일 | 2020년 6월 8일

지은이 | 김진나 박하령 이꽃님 이진 탁경은
펴낸이 | 정은영
편   집 | 최성휘 김정택
마케팅 | 이재욱 최금순 오세미 김하은
제   작 | 홍동근

펴낸곳 | (주)자음과모음
출판등록 | 2001년 11월 28일 제2001-000259호
주   소 | 04047 서울시 마포구 양화로6길 49
전   화 | 편집부 (02)324-2347, 경영지원부 (02)325-6047
팩   스 | 편집부 (02)324-2348, 경영지원부 (02)2648-1311
이메일 | jamoteen@jamobook.com
블로그 | blog.naver.com/jamogenius

ISBN 978-89-544-4001-1(43810)

이 도서의 국립중앙도서관 출판예정도서목록(CIP)은 서지정보유통지원시스템 홈페이지
(http://seoji.nl.go.kr)와 국가자료공동목록시스템(http://www.nl.go.kr/kolisnet)에서
이용하실 수 있습니다.(CIP제어번호: CIP2019030179)